かけだし騎士《ナイト》はアルファの王子の愛を知りました

Sawa Sumitani
墨谷佐和

CHARADE BUNKO

Illustration

明神 翼

CONTENTS

プロローグ

「うわあ……」

大きな黒い目を瞠《みは》り、デュラン・リーデルは荘厳な馬車の行列に目を奪われていた。

デュランの前を行くのは、アーデンランド王家の、地方視察に伴うパレードだ。数十年ぶりに、王家がここ、小さなネリンの町を訪れたのだった。

厳重に警備されながらも、まばゆいほどに豪華にしつらえられた多頭立ての馬車。その窓から手を振る王家の人々の優雅さに、デュランだけでなく街道を埋め尽くした民衆から、ため息が漏れる。王家を守る馬上の親衛隊もまた、凛々《りり》しく整然としたその姿が素晴らしい。

地方貴族の息子で、まだ十歳のデュランにとって、それは初めて見る王族であり、華やかな王都、ヴァルデランそのものだった。

デュランの黒い目は丸く大きく、同じ色の黒い髪は、くるくると可愛《かわい》く渦を巻いていた。年より小柄なこともあり、遊び友だちには『デュラン姫』などとからかわれたりしている。だが剣を取らせれば、彼らの誰にも負けない。今もまさに剣の稽古の帰りで、腰には小ぶりの剣が提げられている。

剣の稽古と、近くの野山を駆けまわって遊ぶことに明け暮れているデュランにとって、その絢爛《けんらん》たる行列は夢のようで、現実のものとは思えないくらいの衝撃だった。

「ほら！　第三王子さまの馬車が来るわ！」

「天使のように美しいお方なんですってね」

「お顔を拝めるかしら」

周囲の女たちから、そんな会話が聞こえてくる。

（天使のような？）

この行列の中に、さらにそんな方が……？

この時、すでに王家一行の夢のような雰囲気に酔っていたデュランは、小柄な身体《からだ》で人垣をすり抜けて、行列の前にふらふらと出てしまった。一緒にいた兄が止めるのも間に合わなかった。

「そこの者！」

間髪置かずに、ものものしい従者の声が飛ぶ。鎧《よろい》を身につけたその男は馬から飛び降りると、剣を抜いてデュランの前に立ちはだかった。

「王族の行列を、第三王子さまの行く手を遮るなど、無礼が過ぎるであろう！　子どもであろうと容赦はせぬぞ。そこへ直れ！」

「お待ちください！　私は、当地ネリン領主のリーデルにございます！　我が息子の非礼を、どうかお許しくださいませ！」

茫然《ぼうぜん》とするデュランの代わりに、膝《ひざ》をついて許しを願ったのは、ここネリンの領主である、デュランの父だった。領主として、行列が到着するのを出迎えるために前方で控えていたのだが、息子の所業を知り、大慌てで現場に走ってきたのだった。

「何ぶん、わけもわからぬ子どものしたことでございます。どうかお慈悲を……！」

地面に頭をすりつけんばかりにしている父の隣で、デュランは馬車の窓から、流れるように金髪がこぼれ出るのを見ていた。

（なんてきれいなんだろう。光に透けて、絹糸みたいだ……）

「ああ、ご領主さまがあんなに頭を下げられて……」

「第三王子さまは、お世継ぎ選びでお命を狙われているっていうからね。周りも気が立っているんだよ。なんでもこの前、オメガの刺客が夜伽《よとぎ》と偽ってご寝所に忍び込んだっていうじゃないか」

「ええ？　第三王子さまは、まだ十二歳なのに？」

「しっ、めっそうもない噂《うわさばなし》話などするでないよ」

周囲のひそひそ話も、金髪に見惚《みと》れるデュランの耳には入ってこない。

「デュラン、おまえもお詫《わ》びをせぬか！」

父がデュランの頭を摑《つか》んだ時だった。

「子どもなのだろう？　それくらいにせぬか。民が驚いている」

銀の鈴が鳴るかのように涼やかな、それでいて威厳のある声がして、金髪の主《あるじ》が窓から顔を覗《のぞ》かせた。

その瞬間、デュランは今までに感じたことのない、身体の奥から湧き上がるような動悸《どうき》に襲われた。

心臓が、どくんと大きく揺さぶられる。陶器のように白い肌と、湖を写しとったような、濃い青の瞳——王子が顔を見せる窓の下、デュランは我知らず、地面に膝をついていた。

父は、王子が直接、顔と口を出すという恐れ多さに、気を失いそうになっている。従者は、なおも王子に訴えていた。

「しかし殿下、この者、子どもといえど剣を提げております」

「この者には殺気など微塵《みじん》も感じられない。おまえにはわからぬのか」

従者をやり込め、馬車上の王子はデュランを見下ろした。

「おまえも剣を鍛錬しているのか？」

「は、はい！」

「では、これからも精進せよ」

「はいっ！」

さっきまで魂を奪われたように見惚れていた王子に声をかけられた嬉《うれ》しさで、デュランは天にも舞い上がらんばかりだった。

精進せよ——王子の言葉がデュランの心を満たす。

パレードの列が通り過ぎていったあとも、デュランはその言葉を嚙《か》みしめながら立ち尽くしていた。隣で父親が延々と叱責していたが、デュランの頭には何も入ってこなかった。

(剣の腕を磨いて、もっともっと強くなるんだ。いつか、あの方をお守りできるくらいに……)

——そのためには、どうしたらいいんだろう。

十歳の小さな胸に夢が芽吹いた。

デュランはまっすぐに、道の先を見つめていた。

1

半島にひしめき合っていた小国の多くを統一し、いくさ上手の現国王のもと、頭角を現してきたのが、アーデンランド王国だ。

デュランの父が領主を務めるネリンの町もその統治下のひとつだ。華やかな王都からは遠く離れ、リーデル家も決して裕福とはいえない、田舎《いなか》の地方貴族だった。

この世には、男女の他に人々をさらに細かく分かつ、身分制社会と切っても切り離せないバースと呼ばれる性がある。

アルファは王族や有力貴族などが占め、容姿端麗な上に、男性は恵まれた体軀《たいく》を、女性は魅惑的な肢体を持ち、共に様々な高い能力を持つ。

ほとんどの民は平凡なベータであり、リーデル家も貴族とはいえ他の地方貴族のご多分に漏れず、皆がベータの生まれだった。

一方、民の中には、男女いずれも子を孕《はら》むオメガが生まれることもある。

ヒートと呼ばれる発情期を持つ彼らは、獣のようだと言われ、アルファやベータたちから蔑《さげす》まれる存在だった。

中でも男性オメガは、特に動物的で汚らわしいとして、さらに下に見られていた。半面、容姿に恵まれた者が多く、そのために子を産む道具として、あるいはアルファや裕福なベータたちの慰みものとして扱われることもしばしばだった。ネリンのような田舎町ほど、そのような偏見は強く根づいている。

子どものデュランでさえ、アルファは自分たちのような平凡なベータとは生きる世界が違うことを知っている。実際に、王侯貴族のようなアルファたちに関われるのは、一部の、財を成した裕福なベータだけだ。

それなのに、デュランはあの王子に魅せられてしまったのだ。

あれから考えることといえば、

(どうすれば、あの金髪の王子さまにお仕えすることができるんだろう)

それればかりで、剣の稽古以外は、心ここにあらずという感じだった。

とにかく、剣の腕をもっともっと上げるんだ。

そこまではわかるのだが、その先がさっぱりだ。

父はあれから、デュランの顔を見れば小言ばかりだし、母はその出来事を聞き、「ああ、どうか、愚かな息子の罪をお許しください」と、毎日神に祈っている。そして兄弟たちには「王子さまに恋しちゃったのか?」とからかわれる始末。

「デュラン、残念だったな、どんなに恋しても、おまえはオメガじゃないから王子さまの子どもは産めないぞ」

「僕は、剣で王子さまを守れるようになりたいんだ。王子さまと恋をしたいんじゃないよ」

恋なんて、もっともっとわからない代物だが、兄のルークにからかわれ、デュランは頬をぷっと膨らませて言い返した。すると、もうひとりの兄、カイルが真面目《まじめ》な顔をして二人を諫《いさ》めた。

「ルーク、ベータをオメガと一緒にするような冗談を言うな。それに、デュランも夢ばっかり追っかけてないで現実を見ろ。そもそも、田舎貴族のベータが王宮に仕えるなんて、できるわけないだろう」

さあさあ、勉強の時間だと追い立てられ、その話は終わったが、デュランの胸は不満であふれそうだった。これから算術だなんて、とてもできそうにない。

(僕が言ってることって、そんなにおかしなことなのかな？　それに……)

デュランは考えた。

オメガって、どうしていつも悪く言われるんだろ。『はつじょうき』があるから？

遊び友だちの中にも、オメガの子はいない。いや、町にはいるのだが、遊びの中には入ってこない。大人たちは、オメガの子と遊んではならないと言う。

『ベータとオメガは違うんだからね』

赤ん坊が生まれると、指の先に針を刺して、血がついたその先を透明な薬湯につける。

そうすると、アルファは紫、ベータは緑色になり、オメガは色が変わらない。

デュランが生まれた時、なかなか色が変わらず、父も母もこの子はオメガなのだろうかと心配したという。

(血の色はみんな同じ赤なのにな)

幼いなりに、オメガへの差別については納得できないこともあった。だが、今のデュランにとってはオメガのことよりも、どうすれば王族に仕えることができるのか、そのことで頭がいっぱいだ。

そんなデュランに、ひとつの可能性を教えてくれたのは、剣の稽古をつけてもらっている師匠だった。

「王立士官学校?」

デュランは、初めて聞くその言葉をなぞった。師匠はデュランの悩みを、笑わずに聞いてくれたのだった。

「そうだ。王立士官学校を卒業すれば、王族を守る騎士の称号が与えられる。逆に言えば、卒業しなければ騎士にはなれないのだ」

「……そんなに難しいの?」

「ああ」

師匠は深くうなずいた。

王立士官学校は、この国の若い剣士たちの憧《あこが》れの的だ。何しろ、実力と忠誠心があれば、家柄は問わないと言われている。有力貴族でなくても、ベータはもちろん、オメガであっても、そこで学ぶことができるのだという。

「本当に？」

デュランは希望に目を輝かせて聞き返した。師匠は教え子の真剣な思いにうなずき、そして厳しい口調でつけ加えた。

「だが、そこを出て騎士になれるのは、ほんのひと握りの者だけだ。砂を掬《すく》った手の中で、数粒だけが生き残る確率なのだ」

大仰な言い方をして、師匠は、デュランに大きすぎる夢を諦めさせようとしたのかもしれない。だが、デュランはさらに目をきらきらとさせた。

「じゃあ、この国で一番強くなればいいいんだ！」

「……おまえには敵《かな》わんよ」

愛弟子《まなでし》の純粋な前向きさに、師匠は苦笑した。

デュランは剣の筋はいい。抜きん出た力を持っている。身体は小さいが、それは成長に伴って解消されるだろう。もちろん努力は必要だ。それでも、もしかしたら……。

そんなことを思わせるほどに、デュランは希望に輝いていた。

＊＊＊

（やった……やっとこの日が来たんだ）

デュラン・リーデルは、左胸につけられた赤い記章にそっと触れた。

それは、王立士官学校を卒業した者だけに与えられる名誉のしるし――デュランは晴れて騎士として認められたのだった。

パレードで第三王子に命を助けられ、王子に魅せられたあの日から十数年。デュランは二十二歳になっていた。

王子に仕えることを夢見て剣に没頭し、恋愛や遊びに見向きもしないまま、次第に頭角を現したデュランは、難関の王立士官学校に入学を果たした。

それからは、さらに厳しい鍛錬の日々だった。同期には体躯に恵まれたアルファだけでなく、自分と同じベータもいた。師匠が言ったように、そこは家柄もバースも関係なく、剣の前では平等な場所だった。

その一方、生き残るのは本当に大変で、厳しさに耐えかねて同期がひとり減り、二人減りしていく中を、デュランはそれこそ血反吐《ちへど》を吐きながら、過酷な鍛錬をやり抜いた。

希望に反して鍛えても身体に筋肉はつかず、デュランは小柄で華奢《きやしゃ》なままだった。だが、デュランは前向きに、そのハンデを強みに変え、俊敏で小回りが利く太刀筋《たちすじ》を身につけた。ふわりとした黒髪に大きな目の、少女のような顔立ちも、見かけを裏切る武器となった。

だというのに――。

「デュラン・リーデル。その方には、城の警備隊に入隊を命ずる」

下された辞令を聞き、デュランは耳を疑った。親衛隊への入隊ではなく、城の警備兵にと言われたのか？

「聞こえなかったのか？　返事をせよ！」

「はっ」

「その方は、王族をお守りするには、いささか身体が小さい。よって、城の警備についてもらうことになった」

理由は聞かされたものの、納得がいかない。

身体が小さくても、剣では誰にも負けなかった。だが、デュランはすぐに、過酷な現実を知ることとなった。

「ベータの身で卒業を果たしたのは大したものだが、あいつは本当に親衛隊に入れると思っていたのか？　親衛隊に入れるのは、実質、アルファだけだっていうのに」

「ベータならば、よほど実家が金持ちでなければな。あいつの親は、ただの地方領主だろう？」

どこからか、そんな陰口が聞こえてきたのだ。

そちらの方をキッときつい目で振り返ると、陰口を叩《たた》いていた輩《やから》が、小馬鹿にするような顔をして立ち去っていった。剣ではいつも、打ちのめしていた面々だ。

（そんな……嘘《うそ》だ……）

がんばって——本当にがんばってここまで来たのに。

努力と夢で支えられていた足元がガラガラと音を立てて崩れていくようだった。

すべては建前だったというのか。

デュランは肩を落とした。任命式はとっくに終わっていて、周囲には、片づけで残っている役人たちがいるだけだった。

（ようし……！）

ここで引き下がる自分ではない。デュランは思い切って、その役人のひとりに声をかけた。

「お役目中、申しわけありません！」

振り向いた役人は、デュランを見て怪訝《けげん》そうな顔をした。

なんと言えばいいのか。とにかくここは、そのままを伝えるしかない。デュランは姿勢を正した。

「王立士官学校の卒業認定を賜りました、デュラン・リーデルと申します。任命式での決定事項について遺憾に思い、再度ご検討をお願いしたいのですが、どなたに申し上げればよいのでしょうか」

「何かと思えば、警備兵に決まったベータか。任命は王命だから、覆すことなどできない。それよりも、賜ったお役目をしっかりと務めることだ。さあさあ、忙しいんだからどいてくれ」

「……っ」

けんもほろろに退けられてしまう。だが、言われた言葉の中で、唯一、うなずけることがあった。

（そうだな……とにかく、騎士の称号は賜ったんだ。仕える主人はいないけど、この城で働くことはできるんだ。まずは、いつか必ず申し立てができるように、賜った仕事を懸命に勤めよう。きっと道は開ける。ここまで来たんだ、諦めてなるものか）

生来の前向きさで顔を上げげた時だった。

「デュラン・リーデル！　デュラン・リーデルはこちらにいるか？」

先ほどとは違う役人が、デュランを探しているのが聞こえた。紫のガウンの色からして、位の高さがうかがえる。デュランは前に進み出た。

「デュラン・リーデルは私でございますが」

「リカルド殿下がおまえを直々にお呼びだ。すぐにお部屋へ伺うように！」

「私をですか？　リカルド殿下というのは第三王子さまでいらっしゃいますか？」

「そうだ。リカルド殿下が自分の部屋へお呼びなど、めったにないことなのだ。は、は、早くせよ！」

役人は慌てていて、デュランが何か不始末をしでかしたのだと決めつけている様子だった。

デュランにはそんな心あたりなどない。親衛隊に入れなかったことで不服を唱えはしたが、それで第三王子にお叱りを受けるいわれはないだろう。

（第三王子さま……？）

ふと、その言葉が胸に残る。

——ほら！　第三王子さまの馬車が来るわ！

——第三王子さまの行く手を遮るなど、無礼が過ぎるであろう！

眠っていた古い記憶の断片が、なぜだろう。今急に、鮮やかに掘り起こされる。

子どもの頃に出会ったあの美しい王子は、第三王子と言われてはいなかったか？

デュランの中では、ずっと『あの方』として、憧れが生き続けていたのだ。

士官学校に入って、第三王子であるリカルド殿下の名を聞いてはいた。たいそうな剣の使い手であると。

だが、それがあの時の方だとは、デュランの中で結びついてはいなかったのだ。この王宮のどこかにおられるのだと、ただそれだけを思って――。

（第三王子、リカルド殿下……？）

いったい、僕になんの用があるんだろう。

デュランは逸《はや》る胸を抑えながら、案内の者に続いた。

2

アーデンランド王国の現王、ハウゼルには、六人の王子と三人の姫がいる。ひとりの后《きさき》が産んだわけではなく、王には三人の后と数多《あまた》の愛人がいた。王宮の奥深くには、アルファの后や妾妃《しょうひ》が住まう、豪華絢爛な後宮があるのだという。

ハウゼル王は『英雄色を好む』そのままに、いくさ上手に加えて、無類の好色家だった。気に入れば、侍女や、町の娼館《しょうかん》の女にも手をつける。オメガの男も例外ではない。

そんな好色家ではあっても、まつりごとにおいては常識的で、善政を行っていたので、民には人気があった。だが、王宮内では多数の王子が存在するために、世継ぎ争いが起こっているという噂《うわさ》を、デュランも聞いていた。

しかも、ハウゼル王は生まれた順よりも『最も優れたもの、強き者を世継ぎとする』という考えだったので、王子たちはもちろん后たちまでもが、権謀術数を巡らせ王位継承権を競っているという。

中でも、第三王子、リカルドは抜きん出た存在であるらしい。そのために、第一王子の一派は何かにつけて、彼を敵視しているのだと。

士官学校の生徒が得られる情報はその程度だった。

（親衛隊に入れたら、お守りすることができたのに……）

先ほど前向きになっていた気持ちが、萎《しぼ》んでいく。

（いや、城を警備することだって、リカルド殿下をお守りすることに変わりはない）

自分を鼓舞し、王子の部屋へと入ったデュランは、長椅子に座っている人物の前に恭しく膝をついた。

なんだかよい香りがする。香を焚《た》いているのだろうか。よい香りなのに、胸が苦しくなるような……。

デュランはその香に鼓動を煽《あお》られ、どきどきしすぎて王子の顔を直視することができなかった。深く頭《こうべ》を垂れ、名を告げる。

「お召しにしたがい、参上いたしました。デュラン・リーデルでございます」

「面を上げよ」

静かに響く美声だった。もう、声を聞くだけで、どうしようもなく心臓が揺れてしまう。

（どうして、こんなに……）

揺れる心臓に戸惑いながら、顔を上げたデュランの目に、この上もなく麗しい男の姿が焼きついた。

さらさらと流れる長い金髪。濃い睫《まつげ》毛に縁取られた涼やかな青い瞳は、木陰の湖を思わせる。一見、猛々《たけだけ》しくは見えないが、白い装束の上からでも、鍛えられた鋼のような体軀

であることがわかる。完璧な王族のアルファだ。

そして彼の姿には、十二年前の美しい少年の面影があった。

（ああ、やっぱり……！）

デュランは身体が熱くなるのを感じた。その奥底には、経験したことのないような疼《うず》きさえ感じる。揺れていた心臓は、王子に再会できた感慨と、再び彼に魅せられてしまった幸せで、もはや呼吸も忘れそうになっていた。

息が苦しい。心臓がはち切れてしまいそうだ。

そして、この疼きはどうしたんだ？　むず痒《がゆ》いような、それでいて果実が熟れていくような甘さ……？

「どうした？」

デュランが固まってしまったのを訝《いぶか》しく思ったのだろう。リカルドが訊《たず》ねた。デュランは頬を紅潮させ、震える声と身体を治めようと、懸命に答えた。

「も、申しわけありません。殿下のあまりにもご立派なお姿に感動して、言葉が出なかったのです」

「それは、どういう意味だ」

リカルドは、眉根を寄せた。美しい顔がしかめられる。デュランは慌てて言い添えた。

「言葉の通りです！」

何を問われているのかわからず、正直、それ以上のことは言えなかった。

だが、どうしても伝えておきたいことがあった。

今、自分がここにいる理由を——あの時あなたに出会ったからこそ、自分がここにいるのだということを。

「恐れながら、私が幼い頃、王家の方々が私の住んでいた町においでになり、その時に殿下にお会いしました。殿下は、馬車の前に飛び出してしまった私を——」

「知らぬな」

助けてくださったのです、と言おうとしたら、素っ気なく遮られた。

（……雰囲気が違う？）

一時の興奮が治まってきて、デュランはリカルドの表情が終始、険しいことに気がついた。

高貴さはそのままだけれど優雅な微笑《ほほえ》みがない。表情が冷たい。

十二年前の記憶は、自分の創り上げた理想だったのだろうか？　そう思わずにはいられないほどに。

殿下は世継ぎ争いに巻き込まれておられると聞いた。お疲れなのかな……。

「それよりも、そなたに頼みたいことがあって、ここへ呼んだのだ」

リカルドはさらりと話題を変えた。

殿下が僕に？

リカルドの表情に戸惑っていたデュランの心は、一気に浮上した。

「なんなりとお申しつけください！　リカルド殿下のご命令ならば、命に代えてもまっとういたします」

熱くなるデュランに対し、リカルドのまとう空気は「それは頼もしいことだ」と答えながらもひんやりとしている。

「そなたに、私の異母弟の身辺警護を申しつけたい」

「弟君でいらっしゃいますか？」

リカルドはうなずいた。

「名はアンジュという。年は六歳でオメガだ。母親違いの弟で、事情があって私のもとにいるのだが、幼いながらに美しい子ゆえ、いろいろと心配なことが多い。私が言いたいことはわかるな？」

デュランは控えめに「はい」と答えた。

リカルド殿下は、美しいオメガが巻き込まれることの多い、許されざる事態が弟君の身に降りかかることを心配しているのだろう。そのために、警護の者が必要なのだと。

だが、疑問が残る。

オメガの弟君……？

王族は皆、アルファでは——？

庶民にはベータかオメガしか生まれない。そして、アルファは王族やその姻戚《いんせき》関係にある有力貴族にしか生まれないというのが自然の摂理のはずだ。

「弟を守るのは、同じオメガの方がより適任であろうと、腕が立つオメガを探していたのだ。そうしたら、士官学校の卒業試合でそなたの剣の腕を見る機会があった。それゆえ、そなた以外に適任者はいないと思ったのだ」

「お、恐れながら」

デュランはリカルドに申し立てた。

「私はベータです」

「何を言う。そなたはオメガだろう」

二人の間に奇妙な沈黙が流れる。

リカルド殿下は誤解しているのではないだろうか。卒業生の中にもオメガはいなかった。ベータも自分ただひとりだったのだ。

デュランは、おそるおそる、同じ答えを繰り返した。

「いいえ、私はベータです。生まれてこの方、ヒートなども経験したことはありません」

「……ふん」

リカルドは不機嫌そうに息をついた。

「では、今はそういうことにしておこう。私の申しつけを受けるのか、受けぬのか」

——今は？

答えは曖昧にしたまま、リカルドは早急にデュランの返事を求めてきた。

一方、デュランの返事は決まっていた。リカルドの弟の警護を、彼直々に命ぜられているのだ。諦めていたところに、こんなに名誉なことはないと思った。

「デュラン・リーデル、謹んでお受けいたします。アンジュさまの御身を、この命に代えましてもお守りすることを誓います！」

はっきりと告げると、リカルドはひざまずいたデュランに向けて、しなやかな右手を差し出した。

「アンジュにはまだ、このような礼式は教えておらぬ。よって、代わりに私の手に誓約のくちづけを」

再び心が揺れ、身体の奥が不思議に疼き出す。本当に、この疼きはなんなのだろう。

デュランは誇らしさと感動に打ち震えながら、両手で恭しくリカルドの右手を掲げる。そして、騎士が主に忠誠を誓うべく、その指に唇を触れた。

とたんに、また新たな激情が湧き出てくる。

苦しくて、熱い。大人になり、出会った頃とは雰囲気が変わったとしても、彼がリカルドであることは変わらない。

身も心も魅せられるとはこういうことなんだ――デュランは思いあふれるままに、リカルドに熱で潤んだ黒い目を向けた。

「リカルド殿下、どうか、弟君と共に、私に殿下のこともお守りさせて……」

「いらぬ」

即答だった。リカルドは冷ややかにデュランを突き放す。

「私には警護など必要ない。自分の身は自分で守る。そなたが忠誠を誓ったのは、アンジュだ。私ではない」

デュランがくちづけた右手が、すっと退《ひ》かれる。リカルドは眉間をいっそう険しくしていた。

(気を悪くされた?)

「さ、差し出たことを申し上げました。申しわけ、ありません……」

先ほどの激情が冷えていく。だが、身体の奥の疼きは残ったままだった。

自分の思いばかりを押しつけてしまった……。

戸惑いと後悔に苛《さいな》まれたデュランを、リカルドの冴え冴《ざ》えとした青い瞳が見下ろしている。

「アンジュには、明日にでも会わせよう。それから、私のことはリカルドと呼べ。殿下などと堅苦しい。……もう、下がってよい」

「は、はい！」

後味の悪い再会になってしまった。自分のことを覚えてもらえていないのは仕方ないとしても、バースについての食い違い、終始冷ややかな態度……。

（嫌われてしまったかも……）

夢中になると突っ走るのは、自分の悪い癖だ。デュランは反省した。

それでも、あの方に魅せられたのだ。今もこうして身体が震えるほどに。

宿舎に戻ったデュランは、自分の身体をぎゅっと抱きしめた。なぜだか、そうせずにはいられなかったのだ。そうして、ふっと息をつく。

気持ちを切り替えないと。

デュランは頭を上げた。明日から、弟君にお仕えするのだから。

（アンジュさま……心を込めて、命をかけてお仕えしよう）

デュランは黒い瞳にきらめきを取り戻した。

3

「はじめまして。アンジュといいます。これからよろしくおねがいします！」

栗色《くりいろ》の巻き毛と茶色の瞳の男の子が、デュランにぺこりと頭を下げる。

デュランは彼の前にひざまずき、えくぼの浮かぶ可愛い顔を見上げた。

「どうぞ頭をお上げください。初めまして、アンジュさま。デュラン・リーデルと申します。これからアンジュさまにお仕えいたします。誠心誠意務めますので、どうぞよろしくお願いします」

「せいしんせいい？」

アンジュは小首を傾《かし》げる。その仕草が愛らしくて、デュランは思わず微笑んでしまう。リカルドが言った通り、天使のように美しい男の子だった。

「一生懸命、ということです」

「わかった！」

アンジュは満面の笑顔でデュランに飛びついてきた。

「うれしいな！　にいさまにきいて、きてくれるのをたのしみにしてたんだよ」

無邪気な歓迎が微笑ましくも嬉しい。だが、アンジュが示す親密さに戸惑いもあって、リカルドに視線を送ると、リカルドは小さくうなずいてみせた。

「よい。好きにさせてやってくれ」

「ありがとう、にいさま。だいすき！」

今度はリカルドに飛びつき、抱き留めてもらっている。デュランは二人の様子に目を瞠った。

昨日、出会った時の氷のような表情が和らいでいるように感じるのは気のせいだろうか。弟とはいえ、子どもに飛びつかれることなど、嫌うような雰囲気を感じさせるのに。

（それだけ、アンジュさまのことを慈しんで大切にしておられるんだな）

デュランは、リカルドが大切にしている弟を任せられたことに、誇りを感じた。

「ねえ、みんなでおちゃにしよう！　にいさまもすこしくらいなら、おしごと、だいじょうぶでしょ？　ほら、デュランもここにきて！」

はしゃぐアンジュに、デュランは慌てて、「いいえ、私はそのような……」と言葉を濁す。

護衛が王族と同じテーブルにつくなど、そんな恐れ多いことができるわけないし、第一、リカルドが許さないだろう。

「かまわぬ。アンジュの隣に座れ」

（えっ？）

驚いて、デュランは目をぱっちりと見開く。

「命令であれば、言う通りにするのか？」

皮肉めいた言葉で返され、デュランは一瞬、怯《ひる》む。だが、隣で目を輝かせているアンジュのことを思い、慌てて一礼した。

「大変失礼しました！　ご一緒させていただきます」

デュランは高貴な人たちと同席することに緊張しながら、ニコニコと待っているアンジュの隣に座った。

（身分をわきまえないとって思ったけれど、言われた通りにした方がいいこともあるんだな）

ほどなく、「これでお茶？」と思うような、豪華で優雅なティーセットがテーブルの上にしつらえられた。いくつもの焼き菓子に、ミートパイ、ショコラに、新鮮な果物。そして、香り高い紅茶。

「しかしなんだ。さっきの目は」

リカルドはティーカップを唇に寄せながら訊ねた。

「顔からこぼれ落ちるかと思った」

「はっ？」

顔からこぼれ落ちる？　いったいなんのこと？

「にいさまが、ぼくのおとなりにすわればいいっていったときだよ。ぼくもほんとにそうおもったもん！」

アンジュが楽しそうに助け船を出してくれた。デュランは、あっ！　と気がつき、わずかに頬を染めた。

「目は、確かに大きいと自覚しているのですが、この童顔のせいでいつも幼く見られて困っているのです」

実際、その通りだった。王立士官学校に志願した時も、年齢に満たないとして門前で帰されそうになったのだ。

しかし、これはリカルドさまの冗談なのだろうか。デュランは計りかねたが、彼の返事は容赦なかった。

「そうだな、十五歳くらいにしか見えない」

「それはあまりにも……。私は二十二歳です」

「デュランってあかくなると、かわいいおんなのこみたいだね！」

アンジュが、幼いがゆえの正直さで突っ込んでくる。

（うっ……）

これも実際にそうなのだ。どうして男の格好をしているのだと言われたこともあるし、荒くれ者に襲われそうになったこともある。

「アンジュ、デュランは剣がとても強いのだ。王立士官学校の卒業生の中では誰にも負けなかった」

（えっ？）

デュランは驚いてリカルドを見た。彼は厳かな表情で弟に向かう。

「人の見かけと強さは関係ない。見かけで、強さを測ってはならない。それは、本人の努力によるものだ。わかったか？」

「はい！　にいさま！」

アンジュは元気に答えた。

（リカルドさま……）

いつもそのことで悔しい思いをしてきた。

童顔だから、身体が小さいから。それを恥じてはいなかったが、まず見かけで判断されることが辛《つら》かった。

だが今、リカルドに肯定されて、デュランは心にかかった靄《もや》が晴れていくように感じていた。

表情や雰囲気は出会った頃と違う。でも、またリカルドさまに救われた。そんなふうに思ったのだ。

「じゃあ、デュランとにいさまと、どっちがつよいかなあ。にいさまも、ほんとにけんがすごいんだよ！」

アンジュは無邪気にデュランに訊ねてきた。

「それはもう、リカルドさまの方が……」

「さあ、どうだろうな」

デュランの言葉を遮り、リカルドは涼やかな風情で、静かに紅茶を口にする。

リカルドに肯定されたこと、そして可愛いアンジュ。デュランの時間は、緊張しながらも幸せに過ぎていった。

アンジュはデュランにすぐに心を開き、その愛らしさにデュランは屈服してしまった。

リカルドの氷のような表情が緩むのもわかる……そして、崇拝するリカルドさまの弟君を守るのだという使命感がデュランの中で燃えてくる。

「リカルドさま、ありがとうございます」

「なんだ。改まって」

「私に、アンジュさまをお守りする役目を与えてくださって……」

「おまえが適任だから選んだのだ。恐縮することではない」

口調は素っ気ないが、『そなた』が『おまえ』になっている。心を開いてもらえたとまでは言えないだろうが、とても嬉しい。だが、デュランは適任という言葉が気になった。

「私がオメガだというお話は――」

「それは、あとで詳しく話す」

リカルドがそう言ったので、デュランは疑問をいったん胸の中にしまった。それからしばらくしてアンジュの学習の時間になり、家庭教師の女性が迎えに来た。

「もっとデュランとおはなししたいのに」

ぷくっと頰を膨らませたアンジュに、リカルドは言い聞かせる。

「これから毎日一緒にいられるだろう?」

「いま、もっといたいのっ」

城中の皆がひれ伏すリカルドに対して拗《す》ねることができるのは、アンジュだけだろう。

それは、アンジュさまがリカルドさまの愛情を感じているからなんだ。リカルドさまの表情が緩むのも、アンジュさまの存在に癒やされているからなんだ――。

(ああ、そうか……)

「どうぞ、お勉強してきてください。デュランはいつでもアンジュさまのお側《そば》にいます」

「じゃあね、やくそくだからね!」

そう言って、アンジュは家庭教師と共に、学習の部屋である図書室へと向かった。

ここはアンジュの自室だ。一旦、退席しようと思い、デュランは立ち上がった。

「では、私はこれで」

「あとで話があると言っただろう」

これは引き留められているのだろうか。

迷い、デュランは先ほど、「あとで詳しく話す」と言われたことを思い出した。今が、その『あと』なのか。

（王族の方々って、みんなこうなのかな。必要なことをちゃんと言わないっていうか……）

それは家臣として、推して知るべしということなのだろう。リカルドの場合は多分に性格もありそうだが。

「し、失礼しました」

デュランは一礼し、リカルドがうなずいたので、再度、席についた。

「アンジュのことを話しておこうと思う」

「はい」

お茶は取り替えられ、新しいものが運ばれてきた。先ほどとはまた違う、ワインのような芳醇《ほうじゅん》な香りだ。

「アンジュだが、王族なのになぜオメガなのだと思っただろう」

「はい」

デュランは正直に答えた。リカルドは見惚れずにはいられないような美しい所作で、新しい紅茶を口にする。

（綺麗《きれい》だなあ……）

思った側から、デュランは心の中で雑念をはらう。

（何やってんだデュラン！　今はアンジュさまのことを聞く大切な時間だ）

「通常、アルファの王族はアルファと結婚するのが決まりだ。だが、王の妾妃にはオメガもいて、そのオメガとの間にアルファの子が生まれると、オメガは母と名乗ることは許されず、その子どもは正式な后の子として育てられる。つまり、アルファの子を産んだオメガは、子どもを取り上げられるということだ。その上、自分の子と会うことは生涯、許されない」

初めて聞く話だった。リカルドは淡々と話を続ける。

「生まれた子がベータやオメガの場合は、王位継承権は与えられず、冷遇されて育つことになる。母の実家が裕福な家庭であれば、ベータであってもその財力を買われて要職に就くことはあるが、オメガは一生、日陰で生きることを余儀なくされる。これが、王族にアルファを絶やさないための筋書きだ」

「筋書き……？」

「そうだ。民たちは王族にはアルファしか生まれないと思っているのだろう？　とんだ茶番だ」

リカルドの話は、デュランにとって衝撃だった。

王族は、その選ばれた血ゆえに、アルファとして生まれるのだと言われていた。それが世の中の常識だった。だから、ベータやオメガしか生まれない、庶民とは違うのだと教えられてきた。

それなのに、実際にはベータもオメガも生まれていて、彼らは存在を無視されているという。アルファの子どもしか認めないなんて、まるで間引きだ。しかも、アルファの子を産んだオメガは子どもと引き離され、一生会えないなんて……。

「ひどい……」

デュランは思わず呟《つぶや》いていた。はっとして顔を上げるが、リカルドは「かまわない」と言っただけだった。そして彼の話はさらに続く。

「子どもを産むオメガは、有力貴族や外国の王室から送り込まれたオメガがほとんどだ。だが、好色な現王はそれだけでは足らずに、気に入った者は誰彼かまわず手をつける」

リカルドは美しい眉間を険しくして、憎々しげに言った。

「そうして生まれたのがアンジュだ」

「そうだったのですか……」

デュランはそれだけしか言えずに、短く言葉を結んだ。

だが、オメガとして生まれたアンジュさまが、リカルドさまのお側に留《とど》まっているのはどうしてだろう。

「アンジュの母は町の娼館にいたオメガの娘で、たいそう美しいと評判だった。お忍びで娼館に出かけた王は、たちまちその娘に夢中になり、彼女をわざわざ、とある伯爵の娘に仕立て上げて後宮に入れたのさ。ご丁寧に、娘がオメガであることを伏せるという用意周到ぶりだった。そうしてアンジュが生まれたが、アンジュがオメガだったので、王は母子ともに興味を失った。しかも母親が本当はオメガの娼婦だということを隠すために、母と子を葬り去ろうとした」

「そんな……」

「手を尽くしたが、アンジュしか助けられなかった。本当は母子で遠くへ逃がしてやりたかったが……まったく、人をなんだと思っているのだ」

語るリカルドの目は静かな怒りに燃えていた。デュランは胸が締めつけられ、リカルドの怒りを受け取るように、答えた。

「そのアンジュさまを引き取られたのがリカルドさまだったのですね」

「ああ」

(お優しい。この方は、本当は優しい方なんだ。ただ、感情が表に出にくいだけで)

思ったとたんに、またあの波がやってくる。身も心も熱くし、疼かせるあの波が。

「王は隠しているつもりでも、嫉妬にかられた後宮の女たちから真実は漏れるものさ。後宮には、后や妾妃たちの息がかかった、女官に化けた間者がはびこっている」

リカルドは忌々しそうに表情を険しくした。

「驚いたか？」

「はい……」

衝撃的な事実の連続に、デュランは本当に、そう答えるしかできなかった。

だが、リカルドさまはアンジュさまのために、こうして王室の真実や恥部を晒《さら》してくださっているのだ。しっかり聞いておかねばと、デュランは心を立て直した。いつしか、身体の疼きは引いていた。

「アンジュはあの通り、母の美貌を受け継いだらしい。だからこそ、アンジュが世継ぎを産む道具のように使い捨てられたり、恥知らずなやつらの玩具《おもちゃ》にならぬよう、母のように、許されない末路を辿《たど》ることがないよう、守らねばと思った」

リカルドは彼らしくなく、勢いよく紅茶を飲み干す。そして、デュランを真摯に見つめてきた。

「だから何度も言うが、アンジュの側づきは、おまえのように腕が立つオメガが適任なのだ」

オメガ同士ならば、互いのフェロモンも作用しない。リカルドが言いたいことはよくわかる。だが、やはりデュランはこう言うことしかできなかった。

「私はベータです。ですが、アンジュさまをこの身に代えてもお守りします！」

時にオメガのフェロモンはベータをも酔わせるという。

デュランはそのような経験は一度もない。同じベータの女性にさえ、欲情というものを感じたことがないのだ。

だから、それがどんなに抑えがたいものなのかを知らない。剣の稽古に夢中だったから、同年代の友人たちや兄たちと、そういう話をする機会もなかったのだ。

そんな自分の状態を、デュランはリカルドに説明しようとした。……が、リカルドが訊ねる方が早かった。

「おまえは、私の側にいて、何も感じないのか？」

それはデュランにとって、思いもしない問いだった。

「何も？」

リカルドは、とたんに不機嫌そうな顔になった。そこまで私に言わせるのか？　と言いたげな表情だった。

本当は、何も感じないわけではない。

リカルドへの崇拝が過ぎるあまりに、身体の奥の方から言葉にできない疼きが生じ、熱っぽくなる。鼓動が高まってくる。

だが、そのようなことは不敬に当たるのではないか。恐れ多くて、とても口にできなかった。

それに、自分はリカルドさまではなくアンジュさまの騎士だ。過ぎた忠心は、きっとリカルドさまの不興を買う……。

何かが微妙にずれてる感じがするけれど……。

それでもデュランはバースに関係なく、自分を取り立ててくれたリカルドに感謝していたし、彼が見かけで人を測るなと言ったことに感銘を受けていた。

何よりも、彼はあの時、自分を助けてくれた王子なのだ。

——だから、お側にいたい。けれど、僕がベータだという事実は変えられない。

「恐れながら……」

デュランがリカルドへの感謝を述べようとすると、リカルドは尊大に答えた。

「おまえはそればかりだな」

「申しわけありません……」

「まあ、よい」

リカルドは背に流れる金色の髪を翻した。ふわりとハーブのような清々《すがすが》しさを含んだ、甘い香りが漂う。

「アンジュは私が相手をしてやれないことが多く、城中にこもりがちだ。遠乗りなど、できるだけ外へ連れ出してやってくれ」

「わかりました」

どうして、リカルドさまは僕をオメガだと言うんだろう。

聞けないままに、教えられないままに、もどかしさばかりが募るのに、デュランはリカルドの残り香が心地よくてならなかった。


次の週、デュランはアンジュを馬に乗せ、城の外へと出かけた。

アンジュは馬に乗るのは初めてだったが、なかなか呑《の》み込みがよく、怖がらずにデュランの前に跨《また》がった。

「怖くはありませんか?」

「デュランがうしろからまもってくれてるんだもの。こわくなんてないよ!」

そんなふうに言われ、思わず口元が緩んでしまう。

(なんて可愛らしい方なんだろう)

軽く馬の腹を蹴《け》り、まずは常歩《なみあし》から。

リズミカルな蹄《ひづめ》の音を楽しみ、そのまま城外へと出た。城の周囲をぐるりと囲む堀を一周し、南に向かって河沿いの道を進む。草むらには野の花が咲き乱れ、ミツバチや蝶《ちょう》が飛んでいた。

「きもちいいなあ」

アンジュは深呼吸をした。

「ぼくは、いつもそとへいきたいのに、にいさまはじぶんがいっしょじゃないとダメっていうの。でも、にいさまは、いつもおいそがしいから」

「アーデンランド王国をさらによくするために、多くのことを考えておられるのです。本当にご立派です」

第三王子にして世継ぎ候補ともなれば、政敵はもちろんのこと、間者も送り込まれているだろう……。

デュランは、リカルドに思いを馳《は》せた。彼から笑顔が消えたと思うのは、そのせいだろうか。

その時、前に座っていたアンジュが、ぴょこんと頭を後ろに倒して、デュランの顔を見上げてきた。

「うん、もちろん、そういうにいさまも、だいすきだよ。だから、じぶんのかわりにデュランをつけてくれたんだよね。これからはたくさん、おそとにもつれていってね」

やんちゃで無垢《むく》な表情が、デュランの瞳に上下逆に映り込む。茶色の瞳がきらきらと輝いている。

自分を信頼しきっている目に、デュランはそのままを返すように笑いかけた。

（よかった……リカルドさまに、愛して愛される存在がおられて）

「それでは、もう少し馬の歩みを速くしてみましょうか」

常歩から速歩《はやあし》へ。アンジュに身体を上下させるコツを伝えながら、風を感じて遠駆けを楽しんだ。

アンジュはキャッキャと声を上げてはしゃいでいる。デュラン自身も心を和ませていたが、視界に入ってきた木立を見て、手綱を引き、馬の脚を緩めた。

「大分、お城から離れたところまで来てしまいました。そろそろ戻りましょう」

堪能したのか、アンジュは素直にうなずいた。

本当のことを言えば、馬を駆歩《かけあし》させれば、城にはすぐに戻れる距離だ。遠駆けに出る前に、デュランはこの辺りのことを調べておいた。

あの木立は暗く、木々が迷路のようになっている。

物盗《ものと》りや悪い者が潜むにはうってつけの場所だ。

まだ陽《ひ》は高く、よほど近づかなければ大丈夫だと踏んでいたがなんだか胸騒ぎがした。

早く戻ろう。その方がいい。

そして馬を方向転換させ、速歩で進み始めた時だった。

「！」

背後から馬が駆けてくる気配を感じ、後ろを振り返った。自分たちのあとを追ってくる騎馬の集団がいる。デュランはそれがなんであるかを瞬時に悟った。

「どうしたの？」

デュランの気配が変わったのを感じたのか、アンジュが不安そうに訊ねた。

「いいですか、アンジュさま、これから馬を駆けさせますから、しっかりと鞍《くら》に掴まって、決して後ろを見ないこと。デュランが必ずお守りしますから大丈夫ですよ」

ぎゅっと背中からアンジュを抱きしめて、デュランは馬の腹を蹴った。

馬は、いななないて駆け出していく。アンジュは健気《けなげ》にデュランの言いつけを守り、鞍に必死でしがみついていた。

物盗りだか何かはわからないが、騎馬集団は恐ろしい速さでデュランたちを追いかけてくる。

懸命に駆けさせても、こちらは二人を乗せている上に、乗馬に慣れていないアンジュを庇《かば》いながらだ。たちまち、四頭の馬にまたがった四人の男たちに追いつかれてしまった。

「子どもを攫《さら》え！　怪我《けが》はさせるな！」

「リカルドが保護している異母弟だ！」

「はっ！」

デュランは馬を跳ねさせ、瞬時に腰の剣を抜き、利き手の右側の男に斬りつけた。

「目を閉じて！」

アンジュを狙うということはリカルドの政敵に間違いない。だからこそアンジュの名を不用意に口にしてはならない。リカルドには敵が多い。

聡《さと》いアンジュは、ぎゅっと目を閉じた。

「ぐわっ！」

血しぶきが飛ぶ。アンジュさまには見せたくない。アンジュを身体で庇いながら、すぐさま剣を持ち替え、今度は左側に追いついてきた男を逆手で突く。男は落馬し、悲鳴のような馬のいななきが聞こえた。

興奮した馬が、追いついてきたもうひとりの行く手を阻み、ぶつかり合って、あとから来た男も落馬した。

（あとひとり……！）

「ガキみたいな顔しやがって！」

（顔は関係ないんだよっ！）

今度は、右側から追いつこうとする男を、後ろ手に斬りつける。デュランの方が早かったが、男の剣の切っ先がデュランの右腕を掠《かす》めた。

（くっ……！）

衣服が裂け、皮膚に焼けるような痛みが走る。

だが、そんなことにかまってはいられない。致命傷を与えられたかどうかはわからないが、しばらく動けないはずだ。

デュランは敵を置き去りにして、城へと走り抜けた。


「アンジュ！　デュラン！」

城に帰還した二人を前にして、リカルドは蒼白《そうはく》な顔で叫び、アンジュを抱きしめた。

「よく戻った……！」

普段、表情が動かない彼とは思えないほどに感情を顕《あら》わにしている。

「にいさま、ぼくはだいじょうぶだよ。デュランがまもってくれたの！」

「感謝する、デュラン・リーデル。おまえをアンジュの護衛につけて、本当によかった」

「アンジュさまが取り乱したりせず、私の注意を守ってくださったから事なきを得たのです。たいそうな勇気でした……その後は、どうなりましたか」

「案ずるな。すでに討伐隊を出している。その男たちは、はっきりと『リカルドが保護している異母弟だ』と言ったのだな」

「はい。わずかですが、北方の訛《なま》りがありました」

リカルドは眉根を寄せて一瞬、考え込んだ。

「心あたりがある。あとのことは心配するな」

デュランは、ほっと安堵《あんど》の息をついた。

リカルドさまの大切な弟君をお守りできたのだ。改めて、誇らしさが湧き起こってくる。

「それよりもデュラン、おまえも怪我をしているではないか」

見れば、さっきの裂傷から血が流れている。衣服を裂いて応急処置はしたが、傷が開いたのだろう。ここまで必死で、痛みなど忘れていた。

「大した傷ではありません。このあと医務室へ……」

デュランが笑って顔を上げた時、リカルドはシュッと、胸元のクラヴァットをほどいた。絹にレースの繊細な縁取りが見事な、美しいものだ。

リカルドはデュランの前に屈《かが》むと、そのクラヴァットでデュランの傷口を押さえた。

「リカルドさま、そのような！」

デュランは思わず大きな声を上げる。王子が臣下の前に膝をつくなど、ましてや自分のクラヴァットを……！

「おまえは弟の命の恩人だ」

抗《あらが》うデュランにかまわず、リカルドは真剣な表情で処置を続ける。デュランの右腕に、絹のクラヴァットが巻かれた。デュランは感動と恐れ多さで言葉が出ない。

「やはり、おまえは驚くと、目がさらに大きくなるのだな」

リカルドは真顔だった。冗談ではない。見たままを言っておられるのだ。

「そのようです……」

デュランは微笑みを返したが、リカルドから笑みが返ってくることはなかった。


その数日後――。

「デュラン、にいさまがよんでるよ」

アンジュの部屋に出向くなり、アンジュがニコニコしながらそう告げた。

「リカルドさまがですか？」

アンジュさまに伝えるということは、公的な呼び出しではないはず。

何かあったかなと思って確認すると、アンジュは伝令役が嬉しいのか、さらに笑顔でうなずいた。

「うん、にいさまのおへやへきてって」

執務室ではなく私室へ？

やはり私的な呼び出しだ。なんだろうと思いながらとりあえず向かう。アンジュもあとをついてくる。アンジュは執務室に入ることは禁じられているが、私室への出入りはもちろん自由だ。

「にいさま、アンジュです。デュランをつれてきました！」

アンジュがノックをしながら呼びかけると、「入れ」と声が聞こえた。

元気がよすぎるくらいの勢いでアンジュが扉を開けると、リカルドが豪奢《ごうしゃ》な肘掛《ひじか》け椅子から、顔をこちらに向けた。デュランはその足元にひざまずく。

「デュラン・リーデル、お召しに従い参上しました」

「ああ、この部屋ではそのようにかしこまるな。あれから、怪我の具合はどうだ？」

「リカルドさまが届けてくださったお薬のおかげで、良好です」

傷は幸い軽傷で済んだ。

リカルドは国一番といわれる薬師《くすし》に特別に薬を調合させ、城の医師に届けてくれたのだ。そのため、傷は化膿《かのう》することなく、快方に向かうのは早かった。

「この腕が剣を握れなくなるなど、考えるだけで身が竦《すく》むからな」

デュランの腕を取り、リカルドは呟く。

そのまま立つようにと促されるが、その間も、リカルドはデュランの腕に触れたままだった。

（身体が、また熱く……）

触れられたところから、何かが流れ込んでくるようだった。それがデュランを熱くさせる。

（リカルドさまのお側に寄るだけで、毎回、こんなにときめいていたらダメだろ。早く慣れないと……）

リカルドに腕を取られ、向かいの椅子に座るようにいざなわれているこの状況に、デュランは抗えない。ただ、口だけが「殿下、そのような」と焦っている。

「殿下と呼ぶなと言ったであろう」

リカルドはさらりと釘《くぎ》を刺す。

「ここは私の部屋だ。アンジュも出入りしている。ゆるりと過ごせ」

（そんなこと言われても……っ）

天にも昇るほどありがたく嬉しいけれど、高貴な方と私的に同席などと、やはり恐れ多い。マナーも失礼でないか心配だ。だが、ここではそんなことを気にするなと、リカルドは氷の美貌でそう言うのだ。

「ね、すわって、デュラン」

無邪気なアンジュにまた助けられる。

「し、失礼します」

デュランが一礼してリカルドの前の椅子に座ると、アンジュは安心したように、近くの長椅子の上で膝を抱えて丸まった。その様子が小リスのように愛らしい。

（うわっ、身体が沈む……！）

びろうど張りの椅子の、包み込むような座り心地にデュランが驚いていると、ふっと視線を感じた。

（リ、リカルドさまに見られた……っ）

座り慣れない豪華な椅子におたおたしているところを……。

だが、リカルドは呆《あき》れている様子もなく、目の前の書類に目を通している。デュランは慌てて、ふかふかの椅子の上で居住まいを正した。

「先日の賊のことだが」

リカルドはあくまでもマイペースだ。いつも突然、話を始める。

「第一王子の取り巻きたちによる陰謀だということがわかった」

「取り巻き……ですか？」

訊ね返すと、リカルドは美しい顔を、嫌なものを見るかのようにしかめた。

「今回の件に、第一王子のグラント殿は関わっていない。取り巻きが勝手にやったことだ。グラント殿に取り入って点数を稼ぎ、少しでも甘い蜜を吸おうとするやつらだ」

「そんな輩が……」

「グラント殿は気に食わぬが、勝手に暴走されたことには同情する」

世継ぎ争いが内乱へと発展しないのは、グラントとリカルドの両王子が均衡を保っているからだと言われている。だが、周囲では血なまぐさい陰謀が蠢《うごめ》いているのだ。

アンジュはいわば、リカルドの弱点だ。

(アンジュさまをお守りしなければ、命に代えても)

心の中で、固く拳を握った時だった。

「何を決意を固めたような顔をしている」

リカルドがデュランの図星を差してきた。とたんに、デュランは頬が紅潮してしまう。

「おまえは、本当に表情が豊かだな。見ていて飽きぬ」

飽きぬって、うっ、これはどう答えれば……。返事に窮したデュランを、リカルドは尊大な構えで見ている
「それは、あの……よかったです」

なんとか答えたら、リカルドはふっと口元を緩めた。

「まことにおまえは面白い」

「恐れながら、それは褒め言葉と受け取ってよろしいのでしょうか……?」

今、リカルドさまの表情が緩んだ? 驚く一方で、デュランがおずおずと訊ねると、リカルドは淡々と答えた。

「そうだ」

氷のような目元は変わらぬままだ。

だ、だけど、褒め言葉をいただいた! たぶん……!

デュランの胸が喜びと共にきゅっと疼く。リカルドのクラヴァットをしのばせている辺りだ。

あの時に止血してもらったクラヴァットは、綺麗に染み抜きしてもらったものの、血で汚れたものを返すのは、さすがにどうだろうかとデュランは迷っていた。かといって、このままにしておくのも……。

どきどきと鼓動が早まる。デュランはクラヴァットの辺りをぐっと押さえた。

(鎮まれ、心臓……)

「どうかしたか?」

「いえ、なんでもありません」

笑顔を作って答える。リカルドは脚を組み直し、おもむろに話し始めた。

「今回、おまえはアンジュの命を救い、怪我ひとつさせずに守ってくれた。それで、私からの気持ちとして、おまえに何か褒美を取らせたいのだが」

デュランはふかふかの椅子から飛び上がらんばかりに驚いた。

「私はお役目をまっとうしただけです!　そのようなお言葉をいただけるだけで、十分すぎるほどです!」

「デュランは、おしごとだから、ぼくをまもっただけなの?」

とたんに、アンジュのベルベットのような茶色の瞳に涙が盛り上がる。

「いいえ、それは違います！　アンジュさま、デュランの言い方が悪かったですね」

そうだ。決して、役目だからだけではないのだ。

アンジュさまを傷つけてしまった……上手《うま》く言えず、デュランは焦った。

「確かに、デュランはアンジュさまをお守りするという大切なお役目をいただいています。ですが、それ以前に、デュランはアンジュさまが大好きで、命に代えてもお守りしたいと思っているのです。あの……」

「もうよいだろう。アンジュ、デュランの目を見るがよい。そうすればおまえにもわかるはずだ」

「はい、にいさま」

アンジュの無垢な瞳に見つめられる。

そのまなざしには、まるで神聖な何かに裁かれるような力があった。ややあって、アンジュはニコッとうなずいた。

「デュラン、だいすき！　たすけてくれてありがとう！」

抱きついてきたアンジュを、デュランはしっかりと抱きしめ返す。

「アンジュさま、ご無事で、本当によかったです……！」

「さあ、これでわかっただろう。おまえの今回の働きを、金品で許ろうということではないのだ。ただ、私たち兄弟の思いを受け取ってほしい。それだけだ」

「はい、リカルドさま」

デュランは素直にうなずいた。そうなれば、デュランの答えはひとつしかなかった。

「おまえならば、剣か、馬かと思ったのだが」

「いいえ、リカルドさま」

デュランは懐から、綺麗に折りたたんだ、例のクラヴァットを取り出して掲げた。

「お言葉に甘えさせていただくならば、どうかこちらを」

「それは……！」

リカルドの青い目が驚きで見開かれる。

「クラヴァットが所望なら、いくらでも用意させよう。それは、止血に使ったものではないか」

「いいえ、だからこそなのです。私は、私の傷を気にかけてくださった、リカルドさまのお優しさ、真心を頂戴したいのです」

デュランの目は、喜びと誇らしさできらきらと輝いていた。リカルドはその煌《きら》めきを避けるかのように目を伏せる。

「優しいなどと……そんなことを言われたのは初めてだ」

リカルドは腕を組み、デュランを突き放すように答えた。

剣か馬かと言ってくださったのに、ご厚意を無にしてしまった？　真心などと立ち入ったことを言って、かえって気を悪くされた……？

リカルドの様子に、デュランはたちまち心配になった。だが、だからこそ、この思いを伝えたかった。

「いいえ、私は十二年前から、リカルドさまのお優しさを知っています」

再会して、彼の雰囲気が変わっていたことに驚いたが、十二年というのは、人が変わるのに十分な時間だ。それが成長期であるならなおさら。これまで様々なことがあったのだろう。今はそう考えるしかできない。

「そのようなものでよければ、持つがよい」

リカルドの声は少し震えていた。

それがなぜなのか、デュランにはわからない。だが、成り行きを見守っていたアンジュは、兄の膝に頭と手をちょこんと乗せて、顔を見上げた。

「よかったね、にいさま。デュランが優しいって言ってくれて」

リカルドは何も言わなかった。金髪の向こうに透けて見える表情が読めない。デュランは改めて反省した。自分の気持ちを押しつけすぎてしまったのかな……。

（本当に、僕ってやつは……）

黙り込んでしまったリカルドの代わりに、アンジュがデュランに笑いかけた。

「デュラン、にいさまがありがとうって」

アンジュが無邪気に代弁してくれるけれど、それはリカルドの本当の思いだろうか。デュランは左胸に手を当て、深く一礼した。

「お礼を申し上げるのは私です。一生、大切にします」

デュランは折りたたんだクラヴァットを再び懐へとしまった。そこが熱を帯び、ここが心臓の在処《ありか》だと教える。

その鼓動のせつなさに耐えかねて、そして視線を逸《そ》らしたままのリカルドが気になって、デュランは呼びかけずにいられなかった。

「リカルドさま。あの、私のせいでご気分を害されたのでしょうか」

「自分の性格のことを、人にあれこれ指摘されるのは好きではない」

リカルドは視線をデュランに戻す。表情はいつも通り涼やかすぎるほどだが、口調には苛立《いらだ》ちのようなものが感じられた。

（ああ、やっぱり……）

指摘したつもりなどなかったが、そう取られても仕方がない。身分が上の方であるにもかかわらず、言いすぎてしまった……。すぐに熱くなってしまうのは、自分の悪い癖だ。

「申しわけありません！　あの、いろいろと出すぎたことを申しました……」

言葉を震わせまいとしながら、深く頭を垂れる。

デュランとしては、もう謝罪するしか術《すべ》がなかった。とにかく、リカルドに嫌われたくない。許してほしい。その一心だった。

「自分のことは、自分が最もよくわかっている。別におまえのせいではない」

「いえ、それは……」

「違うと言っているだろう」

会話がすれ違ったまま、リカルドは静かに、だがきっぱりと言い放った。

（おまえのせいではないって、それはどういう意味で……）

言葉を返せない沈黙の中で、デュランは戸惑った。リカルドの言葉の意味を知りたいと思う。だが、彼はそれ以上立ち入らせてくれない。彼に引かれた一線の前で、デュランは自分の心を知った。

（もっと、この方のことを知りたい。僕の知らない、十二年間のリカルドさまのことを知りたいんだ）

思った側から、またあの疼きがくすぶり始める。胸にしのばせたクラヴァットが熱を帯びる。

（ああ、また……）

一方、リカルドは感情を凍りつかせたような顔で、これ以上何も言うことはないという雰囲気を醸し出していた。

「おはなしはもうおわった？」

会話が途切れたからか、アンジュが無邪気な声で訊ねた。

アンジュが声をかけてくれなかったら、疼く身体を持て余したまま、ずっとリカルドと沈黙を続けていたかもしれない。緊迫した時が終わり、デュランはほっとした。

「ああ、終わった」

リカルドは淡々と答えている。

「じゃあ、あのね、にいさま。ぼく、おねがいがあるの」

「なんだ？」

リカルドはアンジュを膝に抱き上げた。

「あのね、ぼくね」

アンジュは恥ずかしそうに、デュランをちらりと見る。そしてリカルドに視線を戻し、思い切ったように言った。

「ぼくね、デュランにけんをおしえてほしいの！」

一気に言い切ったアンジュは、ひとつ、可愛いため息をついた。

「オメガのぼくが、つよくなりたいなんておかしいかもしれないけど……」

「それは違う。アンジュ」

リカルドは、はっきりと言い切った。

「自分はこうありたい、こうなりたいと思うのは、誰もが自由なことだ」

「あのっ！」

たまらず、デュランは身を乗り出していた。リカルドとアンジュが揃《そろ》ってこちらを見たので、デュランは焦った。

（し、しまった！　また出しゃばってしまった！）

学ばない自分を呪いたい……だが、開いた口は止められない。

「あ、あの、デュランも、そう思います。アンジュさま」

最後の方は、小さな声になってしまった。だが、リカルドは何も言わず、アンジュは二人の言葉に、目を輝かせた。

「ほんとう？　ほんとうにふたりともそうおもう？　ぼく、このままデュランにたすけてもらって、デュランのこと、すごくかっこいいっておもったの。ぼくもデュランみたいになりたい。オメガだけど、つよくなりたいっておもったんだ！」

無垢な、けれど熱い決意に、デュランは心を打たれた。自分のように……と言われたことが誇らしく、嬉しくてならない。

「でも、あの、にいさまがゆるしてくれたら……だけど」

アンジュは上目遣いで、リカルドを見る。両手を胸の前でぎゅっと組み合わせて、アンジュは願った。

「おねがいします、にいさま。ぼくにけんをならわせて。もういやだとか、やめたいとか、とちゅうで、ぜったいにいわないから」

「そうだな。身を守るためにも、剣はいずれ習わせたいと思っていた。少し早いかもしれないが……どうだ？　デュラン」

先ほどの突き放したような雰囲気はどこへいったのか。リカルドはごく自然に訊ねてきた。

「わっ、私でよろしければ、アンジュさまにぜひ、剣をお教えしたいです！」

デュランは弾んだ声で答えた。

「私は、今のアンジュさまより幼い頃から、剣に見立てた枝を拾ってきては、そこら中で振り回しておりました。それをやめさせようと、父が剣を習わせてくれたのです」

嬉しさのあまり、また余計なことまで話しすぎてしまったかと思ったが、アンジュは笑い、リカルドは涼やかなまなざしで答えた。

「その頃のおまえが、目に見えるようだな」

「実は、作法や学問よりも、近くの野山を駆け回る方が好きでした」

デュランは正直に答える。

「そのやんちゃ小僧が、剣も学問も難関の王立士官学校を卒業したのだから、さぞ努力を重ねたのだろうな」

はい、どうしてもあの時の王子さまにお仕えしたくて――。

デュランは、出かかった言葉を呑み込んだ。

今は、それは言わない方がいいと思ったのだ。リカルドは「知らぬ」と言うのだから。それに、アンジュが取り戻してくれたこの雰囲気を、再び壊したくない。

リカルドは、静かな中にも力のこもった声で言った。

「アルファでないというだけで、努力を重ねた優れた者を親衛隊として働かせないなど、愚の骨頂だ。いいか、アンジュ。おまえが大人になる頃には、私がそのような慣習などひっくり返してやる。その日まで、心して励め」

「はい、にいさま」

アンジュは背筋をぴんと伸ばし、リカルドに一礼した。六歳の子どもとは思えないほどに立派な姿だった。デュランもその傍らで姿勢を正す。

デュランは、ひとつリカルドに対して気づいたことがあった。

リカルドは、自身はアルファでありながら、ことあるごとにバースによる決まりや慣習について、反論を示す。

(どうしてバースの序列について、厳しく言われるんだろう)

デュランの心の中に、リカルドについて知りたいことが、またひとつ増えた。

＊＊＊

デュランがアンジュに剣を教えるようになって、ひと月ほどが過ぎた。

剣の稽古といっても、最初から剣を握れるわけではない。剣を取る心構えや礼儀作法なども必要だ。

だがデュランは、まずは剣を振ることを体感する機会を多くしようと考え、アンジュの身体に合う剣を木で作ってもらい、四種類ある構え方から入った。

構え方が違えば足さばきも違う。剣は腕だけで振るうものではない。総合的な身体のバランスが必要だ。

アンジュは早速、氷山の一角ながらその運動量の多さを身をもって知ったようだ。その一方で、なかなか負けず嫌いなところもあって、一生懸命についてくる。そのためか呑み込みが早く、勘も鋭くて、デュランを驚かせることも多々あった。

稽古はアンジュの部屋に面した庭を中心に、城中の鍛錬場を使わせてもらうこともあったが、リカルドは時間の許す限り、その場に足を運んだ。

「どうだ、アンジュの様子は？」

「お教えすることを柔軟に受け止められるので、上達が早いと思います。これくらいの子だと、とにかく剣を振り回したくて構えや基礎を嫌がるものですが、アンジュさまの忍耐強さには驚くばかりです」

「これくらいの子というのは、かつてのおまえ自身のことか？」

リカルドが、さらりと訊ねてくる。

「お、おおせの通りです」

デュランが答えると、リカルドはふっと口元を緩ませた。それは、リカルドの凪《な》いだ表情なのだと、デュランは知った。

クラヴァットを賜った日の、ぎくしゃくとした雰囲気は徐々に薄れ、デュランとリカルド、二人の間に自然な空気が戻ってきていた。

リカルドの眉間が険しいのは変わらないが、静かに微笑んだり、涼やかな中にも穏やかな表情でいることが増えた。デュランの言葉遣いも、リカルドの願いによって、少しずつ柔らかくなってきている。アンジュの剣の稽古を介して、三人で過ごす和やかな時間も増えた。

リカルドの変化を口にしたのはアンジュだ。

「にいさま、まえよりずっと、えがおがふえたとおもうんだ。それに、よくおはなしされるようになったよ」

「そうなのですか？」

「うん、このごろ、っていうか、デュランにあってからかな？」

「そうだとデュランも嬉しいです」

内心、踊り出したくなるほどに嬉しいながらも、平静を装って答えると、アンジュは思わぬところを突いてきた。

「にいさまは、きっとデュランがすきなんだね」

（す、すき……？）

「だってね、いままで、まわりにいるひとたち……えっと、じじゅうとか、だいじんとかにも、じぶんからはなしかけられることってなかったんだよ」

「そ、そうなのですか？」

「うん、それでね、ぼく、そのことをにいさまにきいてみたの」

――ええっ？　ちょ、ちょっと待ってアンジュさま！

突然の突きに加え、思いも寄らず落とされた幼い爆弾に、デュランの心は木っ端微塵になる寸前だった。

「リ、リカルドさまにですか？」

「うん。そしたらね、すきだっていってたよ！」

「ええっ？」

「うん！」

木っ端微塵になる前に、魂が抜けてしまった。『好き』——その言葉の威力は、とてつもなく大きかった。

だが——デュランは平静に立ち戻る。

小さな子どもの訊ねたことだ。深い意味はない。

(それでもリカルドさまは、たとえそれが可愛い弟のたわいもない問いであっても、心を偽るような方じゃない)

心の内で何者かに囁《ささや》かれ、デュランは心臓を鷲掴《わしづか》みにされたような痛みを覚えた。

(どうしよう。アンジュさまになんて答えれば……)

「どうしたの、デュラン、おかおがまっかだよ」

「これはその……嬉しいというか、あの……」

するとアンジュは小首を傾げ、目をきらきらさせて訊ねてきた。

こんなに純粋無垢な笑顔に抗うことなどできない。

「デュランはにいさまのこと、すき?」

アンジュが放った矢は、心臓に命中した。先ほどまで何者かに摑まれていた心臓は、天使の矢で、ほろほろと柔らかくなっていく。

「はい、好きです」

あんなに動揺していたのに、デュランはごく自然に答えていた。

「だいすき?」

「大好きです」

もちろん、好きに決まっている。人として、側に侍《はべ》る者として。十二年前から魅せられているのだ。

ここへ来て、思い出の中の優しいだけではない、彼の一面を知った。眉間を険しくした、人を寄せつけないような表情、尊大な口調。時折垣間見《かいまみ》える静かな笑みや、穏やかな表情、弟を慈しむ姿、そして秘められた優しさ――すべてに惹《ひ》きつけられる。

恐れ多いことだけれど、友人のようにリカルドさまのことが好きなんだ。これは、そういう気持ちだ。

そして、リカルドさまもきっと、そういう意味で好きだと言ってくださったんだ。

(嬉しい。すごく嬉しいのに、なんだろう、この、胸にぽっかり穴が空いているような感じ……)

何かが足りないような――デュランは知らず、クラヴァットをしのばせた胸の辺りをぎゅっと握っていた。あれからずっと、リカルドから賜った勲章として、懐にしまっているのだ。

(リカルドさま……)

だが、デュランのもの思いは、そこで遮られた。アンジュが、満面の笑みでデュランの顔を覗き込んできたのだ。

「ぼく、だいすきなひとどうしがすきで、とってもうれしいんだ」

そして、急に大人びた口調になる。

「こういうのを、しあわせっていうのかな」

「アンジュさま。デュランもお二人が大好きですよ！」

そう言って、デュランはアンジュを抱きしめた。アンジュのふわふわの髪に顔を埋《うず》めると、日向《ひなた》ぼっこをしているような、温かい気持ちになる。

「デュランは、お二人のことをもっと知りたいです……。そして、デュランのことも知っていただきたいです」

「うん、にいさまのおはなし、たくさんおしえてあげるね。だいすきなひとどうしに、もっとすきどうしになってほしいから」

アンジュは、そんなことを言った。聡い子だ。大人たちの微妙な関係性に気づいているのだろう。

「デュランは、アンジュさまのことも教えてほしいです」

「ぼくはまだちいさいから、おはなしはそんなにないんだ。うまれて、にいさまのところにいるだけだもん」

アンジュはうんと背のびをして、デュランのつむじにキスをした。

可愛い仕草なのに、どこか達観したような台詞《せりふ》を口にするアンジュがせつなくて、愛《いと》しくて、デュランはもう一度、アンジュを抱きしめた。


数日後、デュランはアンジュに、城の裏庭に一緒に来て欲しいと頼まれた。

「ひとりでいってはダメだっていわれてるから、なかなかいけないんだ」

「裏庭に何かあるのですか？」

デュランが不思議に思って訊ねると、アンジュは真面目な顔で答えた。

「うさぎさんのおはかがあるの」

デュランがまだここに来る前、アンジュとリカルドは、庭に迷い込んできたうさぎを見つけた。そのうさぎは怪我をしていて、リカルドは「もう長くないだろう」と言ったらしい。

「でもぼくね、いっしょうけんめいおいのりしたの。うさぎさんがげんきになりますようにって。そしたら、すこしけががよくなって、からだをおこせるようになったの」

「アンジュさまのお祈りが効いたのですね」

ううん、とアンジュは神妙な顔で首を横に振った。

「リカルドにいさまが、ぼくのしらないうちに、うさぎさんのけがのてあてをして、おくすりをぬってくれてたの」

「そうだったのですか……」

デュランは少なからず驚いていた。

王族アルファたちは、由緒ある犬や猫を飼っているが、それ以外の動物には触ろうとしないと聞く。城の庭園に野生のうさぎやリスなどが可愛い姿を見せても、「野育ちのものは汚らしい」と、追い出すように言いつけるのだという。

(リカルドさまは違うんだ……)

「ぼく、にいさまがうさぎさんにおくすりぬってるところをみちゃって……にいさまね、すごくやさしいおかおしてたよ。それで、うさぎさん、すこしげんきになったんだけど、にいさまは、やせいのものは、そとにかえしてあげなさいっていったの。うまれたばしょへかえしてあげることが、やせいのいきものの、しあわせだからって……でも、ぼくはうさぎさんとあそびたかったから、さみしかったの」

アンジュは真面目な表情で話を締めくくった。幼い子どもにも、情に流されることなく、自然の摂理を伝える。とてもリカルドらしいとデュランは思った。

「リカルドさまは、アンジュさまのことを思って、厳しいことを言われたのだと思いますよ」

おそらく――リカルドはそのうさぎが長くもたないことをわかりつつ、アンジュの心に寄り添って、陰で手当てをしていたのだろう。少しでも元気になればと。

「うん……でもね、やっぱりうさぎさん、しんじゃって……ふたりでおはかをつくったんだ」

「そのお墓が裏庭にあるのですね」

「そうなの……このへん……ほら、あそこ！」

小さな藪《やぶ》の陰に、うさぎの墓はあった。

磨かれたきれいな石が、倒れないように土に埋め込んである。石の前には、ピンクと黄色の小さなバラが置かれていた。花はまだ新しく、葉も青々としている。最近捧《ささ》げられたものであることがわかった。

「にいさまがきてるんだ……」

アンジュは墓の傍らに座り込み、バラを手に取った。デュランも背後を確かめつつ、その隣で身を屈める。

「あの、これはにいさまに、ナイショにしててね」

アンジュは「おねがい」と胸の前で手を組んだ。

「ぼくね、いちどだけ、おはかがきになって、ひとりでみにきたことがあるんだ。だって、にいさまのほかは、だれもぼくについてきてくれなかったんだもん……だから、いっかいだけ……」

王の血を引いてはいても、母が娼婦だったオメガのアンジュに、必要以上に声をかける者はいない。リカルドがアンジュを可愛がっていることを間近で見て知っている女官や侍従はともかく、他の者はリカルドがアンジュを連れていても、そこにいないかのように無視をする。

王宮に来てから、デュランは、その徹底したバースの優劣づけに驚いていた。自分の住んでいた田舎町でも、オメガは厳しい立場を強いられていたけれど、ここはそれ以上だ。

「言いませんよ、アンジュさま。それに、これからはデュランがついていきますから、いつでも好きな時に行けますよ」

デュランの答えを聞き、アンジュは安心したように、ニコッと笑った。

アンジュが一度だけ訪れたその時も、同じようにバラが置かれていたのだという。

「ぼく、にいさまにたしかめたかったけど、ナイショでいったから、いえなかったんだ」

「じゃあ、今日、お花を見たこともリカルドさまには黙っておきましょう」

デュランは提案した。

うさぎの墓に花を捧げに行かれたでしょう？　と訊ねても、リカルドさまはきっと「知らぬ」と言われるだろうから。

少し不器用だけれど、彼の優しさを知ることができて、デュランは無性に嬉しかった。

「じゃあ、きょうはさよなら、うさぎさん。こんどはデュランといっしょにクルミをたくさんもってくるね」

アンジュは何度も振り返って手を振っている。その愛らしさを見ながら、今日、ここへ来ることができて、本当によかったとデュランは思った。

この前の宣言通りに、アンジュはリカルドのエピソードをいろいろと教えてくれるようになった。

そして今日もまた、アンジュやリカルドの優しさに触れることができた。自分の知らなかった、リカルドの新しい顔をまたひとつ知ることができたのだ。

秋は深まっており、落葉した赤や黄色の葉を踏みしめて歩くのは楽しく、アンジュは帰るのを渋っていた。城に戻ったら勉強の時間で、家庭教師の先生がなかなかに厳しいらしい。

家庭教師のルイザ女史は、アンジュと同じオメガだった。

リカルドはアンジュに深く接する者を厳選しているが、皆、優秀なオメガだ。

それは、オメガに対する厳しい状況の中で、努力を積んだ者ばかりだということになる。

その中でただひとり、デュランだけがベータなのだが……。

（そういえば、この頃、僕がオメガだという話は出ないなあ……）

懐にしのばせたクラヴァットごと、心臓がぐらぐらと揺れる。僕は、こう——そのことを思うと、未《いま》だにこうしてどきどきするのに。

「うわっ！」

その時、デュランの前を、きりりとした猟犬が猫を追いかけて横切っていった。その猫もまた、銀色の短く美しい毛並みで、首に金色の首輪をしている。

「あ、またねこちゃんたちがすてられたんだ」

「捨て猫、捨て犬なのですか？　あんなに立派で綺麗なのに？　いったい誰が……」

「おうじさまやおうじょさまが、さいしょはかわいがって、あきたらすてちゃうんだって。でも、いぬちゃんやねこちゃんたちは、まえにすんでたおうちをおぼえてて、うらにわにすみついてるんだって」

自身も王の血を引きながら、アンジュは他人《ひと》ごとのように言う。ここでいう王子や王女とは、アルファの子どもたちのことだ。

「かわいそうだよね……」

しゅんとしたアンジュの手をつなぎ、デュランは「はい」と唇を嚙みしめた。

そもそも、動物が好きでないなら飼わなければいい。生きものを、飽きたから捨てるなんて……。

デュランは実家で飼っていた猟犬を思い出していた。さっき見かけた犬と、よく似ていたのだ。猟を引退してからは、デュランの遊び友だちだった。

「でもね、そういう、すてられたいぬやねこちゃんたちをたすける、き、きそく？　ができるからって、このまえ、にいさまいってたよ。えっとね……」

アンジュはその『規則』を一生懸命に説明しようとする。

「すてるのはダメにして、ほんとうに、いぬやねこちゃんたちがほしいおうちにいけるようにするんだって。にいさまもそのためにがんばるっていってたよ」

「それは素敵な考えですね」

答えながら、その規則を提案したのはリカルドに違いないとデュランは思った。

――いいか、アンジュ。おまえが大人になる頃には、私がそのような慣習などひっくり返してやる。

リカルドはそう語ったことがあった。

まずは王宮内から、悪《あ》しき慣習の改革に向けて行動を起こしているのだろう。時々、リカルド派の者を集めて話し込んでいるのを、デュランは知っていた。リカルドに従うのは、皆、若くて柔軟な考えをもった者たちばかりだという。

（特にこの件は、怪我をしたうさぎを放っておけないような方だからこそ……）

「あのこたちにも、いいおうちがみつかるように、ぼくもなにかおてつだいがしたいなあ」

「そうしたら、きっと、リカルドさまも喜ばれますね」

そして、アンジュのこの素直さも優しさも、皆リカルドから注がれた愛情ゆえなのだ。

「あーあ、おべんきょうはじまっちゃう」

「お勉強は剣の鍛錬のためにも大切ですよ。デュランはその……苦手でしたけど」

「じゃあ、ぼくもがんばらなくちゃ。ねえ、おわったらまた、ボードゲームいっしょにやろうね！」

「はい、今日は負けませんよ！」

そんなことを話しながら、二人は城の裏門を通り、アンジュの部屋へと戻った。


アンジュは今、誕生日にリカルドからもらった、子ども向けのボードゲームに夢中だ。

数字が記されたサイコロを振って、出た数だけ行ったり戻ったりするゲームで、絵本をもとにしたストーリー仕立てになっている。最後は目的地に辿り着き、宝物を見つけて、めでたしめでたしになるのだ。

当然、二人でないと遊べないので、時間がある時にリカルドが相手をしていたらしい。

今はもっぱら、デュランが相手をしている。

（子ども用のゲームをやっているリカルドさま……どんな顔してやってたんだろう）

あの涼やかな美貌で、勝っても負けても『時の運だ』とか言ってそうだな……。デュランは想像せずにいられない。

実際にゲームはサイコロの数によって決まるので、知識や経験は関係なく、子どもも大人も平等だ。そこが子どもには痛快なのだろう。

アンジュは石板に星取り表を作っていて、今日のゲームで、デュランの大幅な負け越しが決まってしまった。なぜだか、こういうものに強い人はいるようで、アンジュはなかなかに強い質《たち》のようだった。

「やったあ！　ぼくのかち！」

「うーん、今日は勝てると思ったのに……デュランの完敗です」

子どもの遊びと言えど、やっていると楽しくなってくる。デュランはいつも真剣に挑んでいたのだが、なぜだか負けを重ねてしまうのだった。

「デュラン、まけこし、さんかいめだね」

アンジュが厳しいところをついてくる。

「デュランは、きっとそういう星のもとに生まれたのです」

その言い方が面白かったのか、アンジュは笑い転げ、そして落ち着いてから言った。

「デュランはそうやっていうけど、にいさまはね、なかなか、ひきさがらないんだよ」

「引き下がらない？　リカルドさまがですか？」

勝とうが負けようが、涼しげに、尊大に構えているんだろうと思っていたけれど。

デュランは思わず聞き返す。

「うん、まけるとね、いまのはおかしい。なにかのまちがいだ、とかいって、じぶんがかつまでやりたがるんだよ。すっごくしんけんなおかおをするの。そして、かったら『どうだ』ってじまんそうなかおになるんだよ」

（うそっ！）

デュランは思わず心の中で叫んでいた。

見てみたい……！

リカルドさまが、子ども用のゲームに負けてむきになっているところ、そして、やっと勝ってドヤ顔になるところ。

（恐れながら、か、可愛い……かも）

デュランは、その意外すぎるエピソードに、リカルドが可愛く思えて悶絶しそうだった。

アーデンランド王国に名だたる第三王子。美の女神に祝福された美貌と、明晰《めいせき》な頭脳と共に、しなやかで、かつ頑健な体軀にも恵まれて、諸外国にも名が届くその彼が……！

でも――。

デュランは思う。

リカルドさまは、ご自身の優しさや素直さ、幼い子どものように柔軟な心を、人を寄せつけない糸で編んだベールで隠しておられる。

自分はアンジュさまのおかげで、その表情をこうして知ることができるけれど、きっとそれは、何かによって封印されてしまったのではないかと。

(もっと、リカルドさまの笑顔が見たい)

デュランは繰り返し思う。それはわがままな望みだろうか。

懐のクラヴァットが熱を帯びる。これは、行きすぎた忠誠心だろうか——。

アンジュと共にゲームの駒を片づけながらそんなことを考えていたら、ご機嫌だったアンジュが、ちょっと困ったような顔をした。

「どうかされましたか？　ご気分でも悪いのでは？」

「ううん、けんのかまえが、あとじゅっかいよりもっと、できるくらいにげんきだよ。でもね、ちょっとなやんでることがあるの」

「デュランでお役に立てるならばなんなりとお話しくださ い、アンジュさま」

身体は元気だが悩んでいるというアンジュに、デュランは真面目に返す。

「あのゲームね、おたんじょうびにもらったから、ぼくも、にいさまのおたんじょうびになにかおかえしをしたいなってずっとおもってたんだ。でも、なにがいいかわからないの。おかねもないしね。だからデュランにそーだんした、したかったんだ」

アンジュからの贈り物なら、野原で摘んできた名もない花であってもリカルドは喜び、大切にするだろう。だが、デュランはアンジュの気持ちもわかると思った。アンジュはおそらく、リカルドを驚かせたいのだ。

「それは大変な悩みですね。それで、リカルドさまのお誕生日はいつですか？」

「あしたの、つぎの、つぎのひだよ」

三日後！

十一月の最後の日だ。まさかそんなに迫っているとは……。そして誕生日の当日は、王族は晩餐会《ばんさんかい》が催される。デュランは額に汗を浮かべて答えた。

「それは……もう日にちがありませんね」

「そうなんだ。だからこまってたの」

ではもう、あれをやるしかない。当日が無理なら、できれば前日がいいけれど……。

デュランは子どもの頃の記憶を揺り起こした。それは、デュランの記憶の中の、幸せな宝箱に入っている。

（リカルドさまは、きっと喜んでくださる。贈り物のお返しをしたかったというアンジュさまの心が伝わる。そして、様々な憂さを忘れて、弟君と楽しいひとときを過ごしていただければ）

準備する時間はないけれど……剣の稽古もアンジュさまの勉強もあるし。でも、できることをすればいいんだ。

「アンジュさま、こういうのはどうでしょう」

デュランは、アンジュに自分の考えを説明した。


「にいさま、あしたのよる、おしょくじがすんだら、アンジュのおへやにきてもらってもいいですか？」

「明後日《あさって》は用があるが……明日ならば」

「あしたがいいです」

「私は、明後日の方がいいくらいだがな」

リカルドは渋面で呟いた。

明後日は誕生晩餐会だが、出席したくないんだろうか。

アンジュの木製の剣の手入れをしながら、デュランは二人の会話を聞いていた。

日時は、どうやら明日の夜になりそうだ……そうとなったら、早速準備をしないと。

アンジュが悩んでいた、リカルドへの誕生日のお返し……それは、リカルドを招いて誕生のお祝い会をすることに決まった。

時間もなく、子どもとその警護の者では、できることは知れている。だが、デュランには子どもの頃、家族が秘密で計画してくれた誕生祝いの楽しかった記憶があった。

デュランの好物中心の、いつもより少しだけ豪華な食事に、母親が手ずから焼いてくれたケーキ。プレゼントは、父や兄が作ってくれた素朴な玩具だった。

領主といえど、決して裕福ではなかったから、本当にささやかな催しだったが、デュランはいつも嬉しくて仕方なかった。そして今回は、さらにささやかなものになるのは否めない。

（でも、こういうのは中身じゃないから……。お祝いするっていう心だから！）

正当な王子であるリカルドにこのような誕生祝いなど、かえって失礼かもしれないと、デュランは一瞬、躊躇《ちゅうちょ》した。

だが、リカルドは形式的、儀式的なものには慣れてはいても、こういう手作りのものに飢えているのではないかと思ったのだ。

（それに、弟君の思いを無にされるような方では決してない……）

正直言えば、自分もこの秘密の計画に関われることが嬉しかった。

『リカルドさまをお招きして、お誕生日のお祝いをするのです。デュランもお手伝いします。どうですか』

デュランの提案を、アンジュは大喜びで受け入れた。

綺麗な花をたくさん摘んできて、お部屋に飾ろう。紙吹雪《かみふぶき》でお迎えするのはどうでしょうか。アンジュはおくりものはつくれないから、おてがみをかくよ。それは素敵です！では、デュランはケーキをなんとかしますね……。

そんなふうに急いで、でもうきうきしながら話し合い、それぞれできることから準備を始めた。

デュランは掃除の親方のところで不要になった紙をもらってきて、アンジュに紙吹雪の切り方を教えた。花は午後に二人で摘むことにして、問題はケーキだ。

子どもの頃、一度だけクリスマスに兄弟でクグロフを焼いたことがある。今回は、厨《ちゅう》房《ぼう》で材料代と用具代を払って、夜に場所も貸してもらえることになった。

厨房を仕切る料理長は気のいい男で、これまでの女官に代わって、デュランがアンジュの食事を運ぶようになってから、よく言葉を交わすようになった。しかも、誕生日のお祝い用だと言うと、作り方を細かく書いてくれるという。

「大事な人への贈り物なんだろ？」

料理長は意味ありげに笑い、この色男が、と肘鉄を食らわしてくる。

「騎士さまが焼いたクグロフだなんて、どこのお嬢さんもイチコロにまいっちまうぜ？こりゃあ、あんたのためにも失敗するわけにはいかんからな」

「ありがとうございます。助かります」

『お嬢さんではなく、男の人に食べてもらうんです』とは言えないので、デュランは曖昧に笑って調子を合わせる。

まさかそれがリカルド殿下だなんて聞いたら、料理長はその場でひっくり返っただろう。

だが、デュランにも、アンジュにも、リカルドは大事な人なのだ。

かくして、その夜、デュランはクグロフを焼くのに奮闘し、アンジュは山のように紙吹雪を作った。紙吹雪の他にも、何やら作っている様子だった。

翌日、アンジュは、家庭教師のルイザ女史も驚くほどの集中力で課題を終わらせ、剣の稽古も怠らずに行った。昼食を食べてから花を摘みに出かけ、デュランは木に登って、野生の林檎《りんご》をいくつか採った。

リカルドは、明日の誕生祝いの儀式と晩餐会のことで、朝からずっと侍従たちと詰めていたので、二人の計画に気がつく余裕はなさそうだった。

そして夕食が済んで、夜――。

「すごくすてき！」

デュランと二人で準備した、ゲストを迎える自分の部屋の様子にアンジュは大はしゃぎだった。

テーブルの上には、大きな花瓶に活《い》けた花。たくさん摘んだので、他の花はカップやら小皿やらに盛り、窓際や家具の上など様々なところに飾った。小さなカゴには紙吹雪が準備万端整い、そしてクグロフは――。

デュランは『料理長に神のご加護があらんことを！』と祈らずにいられなかった。外はかりっと、中はふんわりと、ふんだんに入れた糖類が（料理長の、女の子は甘い物が好きだからな！　という助言により）甘く芳《こう》ばしい香りを漂わせ、デュランが採ってきた林檎は、その傍らでさわやかな風味を漂わせている。

飲み物はアンジュにはミルク、大人はデュランが用意した紅茶。普段、リカルドが口にしているものとは天地ほども違う庶民的なものだが、安ワインよりはいいだろうと思ったのだ。

やがて、カッカッと靴音が聞こえてきた。

「にいさまだ」

アンジュは紙吹雪の入ったカゴを持って、デュランをわくわくとした顔で見上げる。二人で目を合わせ、ニッコリと笑い合った。

「リカルドだ」

扉の外、訪問を告げる声がした。「どうぞ」とアンジュが答え、デュランが扉を開けた。

「にいさま、ちょっとはやいけど、おたんじょうびおめでとうございます！」

「リカルドさま、お誕生日おめでとうございます！」

同時に言って、紙吹雪を舞い散らせる。

デュランは雪が舞うようにはらはらと散らしたが、アンジュは威勢よく盛大にお祝いを演出したので、リカルドの金髪は大吹雪に遭ったようになってしまった。

リカルドは紙吹雪にまみれたまま、目を瞠ってその場に立ち尽くしている。心から驚いている様子がうかがえた。

「リカルドさま、あの……」

もしかしたら、いきなり驚かせて怒らせてしまった？　デュランがおそるおそる声をかけると、リカルドは我に返り、アンジュを見て、デュランを見て、それから、ほうっと長いため息をついた。

「……これは驚いた」

「おどろいた？　にいさま！」

無邪気に訊ねるアンジュに、リカルドは穏やかな目を向けた。

「驚いたとも」

「驚かせてすみません」

そもそも、これは「びっくりさせよう」という思いがあったのだが、さすがにやりすぎただろうか。デュランが頭を下げると、リカルドは彼には珍しい、明るい口調で答えた。

「いや、嬉しかった、嬉しいのだ」

（リカルドさま……！）

デュランはその言葉を受け止めて、胸が苦しくなった。だが、アンジュは先へ進めたくて仕方がない。立ち止まっている時間はなかった。

「きょうは、これから、リカルドにいさまのおたんじょうびのおいわいをします！　ねえ、にいさまはやくすわって」

リカルドが主賓席――アンジュいわく、この部屋でもっとも立派な椅子に座り、デュランがお茶を用意してクグロフを取り分けている間、アンジュとリカルドは、リカルドの髪に積もった紙切れを楽しそうに取り除いていた。

「紙吹雪に埋もれるかと思った」

ああ、笑っておられる。楽しそうに、幸せそうに。デュランはそれだけで、胸がいっぱいになりそうだった。

デュランはクグロフの皿をリカルドの前に置き、控えめに言葉を添えた。

「リカルドさま、お祝いのお菓子です。お口に合わないかもしれませんが……」

「デュランがつくったんだよ！」

「まことに？」

「恐れながら……」

「器用なやつだな」

リカルドはまた笑う。口の端に浮かんだ微笑みではなく、ひとりの青年としての、くつろいだ笑顔だ。デュランの胸は、先ほどまでとは違う感覚で、きゅんと疼いた。

早く食べてみてとアンジュに急《せ》かされ、リカルドはフォークでひとかけらを口に運んだ。

「美味《うま》い……！」

リカルドの顔には、驚きと満足が浮かんでいる。

「いや、本当に美味い。ほら、おまえたちも一緒に」

「ぼくもたべたい！」

アンジュが待ちきれずに身を乗り出し、そうして三人でデュランのクグロフを味わった。

「おいしー！」

「アンジュさま、ありがとうございます」

アンジュの素直な賞賛に、デュランは微笑む。

味見では上々だと思ったが、美食に慣れているであろうリカルドがどう思うか……。

デュランは、胃がきりきりするほどに心配だった。だが彼は、ひと口ひと口を十分に味わうように食べ、やがてぽつりと呟いた。

「口に合わないどころか、こんなに美味い菓子を食べたのは初めてだ……」

リカルドの言葉に、デュランは頬に熱が集まるのを感じた。きっと今の自分は、真っ赤になっているに違いない。

（喜んで食べてくださっている……！）

「お、お褒めにあずかり光栄です」

光栄なんて言葉ではなく、もっと自分の言葉で今の心を表現したかったとデュランは思う。胸の疼きが一瞬大きくなって、デュランを責めた。だが、胸が震えて、お決まりの返答しか出てこなかったのだ。

「りんごもちょうだい」

「はい、アンジュさま。リカルドさまもいかがですか？」

「ああ、もらおう」

リカルドは林檎の皿を受け取った。さくっと瑞々《みずみず》しい音とともに、林檎が食される。なんて優雅に食事をされるんだろう。少し落ち着いたデュランは、ため息が出るほどにその姿に見惚れた。

林檎、クグロフ、そして紅茶。どの姿も、一枚の絵を見ているようだ。

「デュラン、どうしたの？　たべないの？」

「リカルドさまがお食事をされる姿に見惚れてしまって……」

（わっ、しまった！）

ぼうっとしていたところをアンジュに指摘され、つい、そのままを口にしてしまった。

リカルドさまはなんて思われるだろう……！

「それは嬉しい賛辞だ。こちらこそ、おまえのクグロフに降参だな」

「りんごはね、デュランがきょうのあさ、きにのぼってとってきたんだよ」

（ア、アンジュさま！）

子どもはどこまでも正直だ。調達の仕方に呆れられるだろうかとどきどきしたが、リカルドは穏やかに笑った。

「どうりで新鮮で美味いはずだ」

こうして、お祝いのお茶の時間は和やかに過ぎていった。リカルドは終始くつろいでいて、この場を楽しんでいるように見える。

ほっとしながらデュランがテーブルを片づけている間、アンジュは恥ずかしそうに、リカルドに手紙を渡していた。

「ぼく、にいさまになにもおかえしできるものがなかったから……」

便せんと封筒は、「にいさまに、おてがみをかきたいの」と言ったら、ルイザ女史がくれたのだという。厳しいらしいけれど、なかなかいい先生じゃないか、とデュランは思った。その白い飾り気のない封筒の中に、便せんが二つ折りになって入っている。

「ありがとう、アンジュ。おまえが生きていてくれるだけで兄さまは幸せなのだ。もう、手紙など書ける年になったのだな」

リカルドはそう言って、アンジュを抱き寄せた。何度も何度も、愛おしげに髪を撫《な》でる。

アンジュもバラ色の頰をリカルドの顔にすりすりしている。

（生きていてくれるだけでいいなんて、最高の愛の言葉だな……）

アンジュを思うリカルドの心の深さに改めて感じ入り、デュランは目頭が熱くなった。

「読んでもよいか？」

「はずかしいから、ぼくのいないときにして！」

アンジュは首をぶんぶん振ってお願いしている。その様子が可愛らしくて思わず微笑んだら、リカルドと視線が合った。

その優しい目に、心臓がどきんと跳ねる。リカルドは視線を外さずにデュランを見ていて、デュランはどきどきしながらリカルドに笑いかけた。すると同じように笑みが返ってきて、デュランの心臓はますます速く打った。

「それからね、これ、ぼくがつくったんだけど……」

アンジュは後ろ手から、おずおずとそれを取り出した。

リカルドだけでなく、デュランも目を瞠る。アンジュが掲げたものは、紙で作られた王冠だった。紙吹雪と一緒に作っていたものは、これだったのだ。

アンジュは背伸びをして、座ったリカルドの頭に、王冠を恭しく載せた。金髪に、白い王冠が映えている。アンジュはリカルドの額にキスをした。

「ぼくのにいさまが、りっぱなおうさまになりますように」

「必ず……！　アンジュ、必ず……」

ややあって、リカルドは絞り出すような声で答えたのだった。

朝からはしゃいでいたアンジュは疲れたのか、座ったままでうとうとし始めた。

「私がベッドへ連れていこう」

アンジュを抱き上げたリカルドは、寝台が置いてある衝立《ついたて》の向こうからしばらく出てこなかった。

（寝顔を見ているんだろうな……）

二人の邪魔にならないように、このままそっと部屋を出ようかとデュランが考えていたら、ちょうどそこへリカルドが戻ってきた。リカルドは穏やかな表情で、出ていこうとしたデュランを押し留めた。

「今日のことは、礼を言わせてくれ。本当にありがとう、デュラン」

「すべては、アンジュさまが兄君を思われる心でなさったことです。喜んでいただけたなら、私はそれだけで嬉しいです。アンジュさまも私も、ただリカルドさまに楽しいひとときを過ごして欲しいと思っていました」

リカルドは深くうなずく。

「こういうのを気が置けないというのだろうな……何よりも、とても癒やされた。それで、もう少し、私につき合ってくれぬか？」

リカルドは口角を上げて、グラスをくいっと傾ける仕草をした。

「おおせのままに」

デュランもまた、笑ってうなずいた。

リカルドが手ずから持ち出してきたワインは、二十五年もの――リカルドと同じ年のワインだった。成人してから毎年、リカルドのために献上されるのだという。そのワインを開けようというのだ。

「そんな貴重なものを……私にはもったいないです！」

デュランが恐縮すると、リカルドは尊大な中にも親しみを込めてデュランを軽く睨《にら》んだ。

「三人でいる時は……今は二人だが、そのように気を使うなと言ったであろう？」

――今は二人。

その言葉に、デュランの身体はまた疼きを発する。心臓も大きく鳴った。

「でも、本当にもったいなく思ったので……」

それだけ言うのがやっとで、声も少し震えてしまったが、リカルドは事もなげにワインについて語った。

「このワインは私の領地で作られたもので、毎年誕生日に合わせて送ってきてくれるのだ。今までは、誕生晩餐会のあとに、ひとりで味わってきた。いわゆる口直しさ。だが、今年はおまえと飲みたいと思ったのだ」

「私と……?」

「ああ、おまえと」

リカルドは繰り返す。これは夢ではないのだ。

(身体が、ざわざわする……)

リカルドに再会してから生まれた感覚が騒ぎ出す。今、それほどに自身の喜びが過ぎるのだ。

ワインは、深く芳醇な味わいがした。王族に捧げられるものとは価値は天地ほども違うのに、デュランは故郷のワインの味と似ていると思った。

そのことを告げると、リカルドは満足そうに笑った。

「きっと、土質や水が似ているのだろうな」

「そのご領地はどちらですか?」

「アーリンという、北部の町だ」

「そうでしたら、私の故郷のネリンの近くです。確かに土質や水が似ているのかもしれませんね」

「あの辺りは野山の緑が美しく、湧き水も綺麗なところだ。おまえの前向きさ、素直さは、そうした風土の中で育まれたのだな」

リカルドは遠い目をして、しみじみと語る。

十数年前、ネリンでのことを、やはり覚えてはいないんだな……。

リカルドの言葉に誇らしさと喜びを抱きながらも、デュランは一抹の寂しさを感じてしまう。

「そのようなお言葉をいただいて、本当に嬉しいです。ですが、故郷では裸足《はだし》で野山を駆けまわる、野生児のような子どもでした。末子だったので、家族も私には甘かったのでしょう」

「よい家族に恵まれ、のびのびと育てられたのだな。おまえが持つ気質はすべて、私にはないものだ」

「リカルドさま、そんな……」

突然、リカルドの孤独が心の中に流れ込んできた。

やはり、過去に何か――だが、続きが言えないでいるうちに、リカルドはワインが注がれた真鍮《しんちゆう》のグラスを揺らしながら訊ねてきた。

「おまえの故郷はどんなところだ？　自然豊かという以外にだ。やはり、バースへの偏見は強いのか？」

なぜ急にそんなことを訊ねるのだろう。話題の飛躍に戸惑いながらも、デュランは故郷のことを話した。

「故郷の者は、ほとんどがベータです。その中でオメガの数はとても少なく、ベータはオメガの発情期をとても嫌っています。獣のように発情して、子を孕むのがとても卑《いや》しいと言って……」

「男性オメガはいるのか？」

「はい、さらに少ないですが……彼らはより動物的だと言われています」

訊ねられるままに答えたものの、デュランは話題を少しでも風通しのよい方向に向けたいと思った。

リカルドは支配階級のアルファでありながら、オメガの弟を引き取って慈しんでいる。だからだろうか。オメガが虐《しいた》げられている現状を聞いて、こんなに哀《かな》しそうな目をするのは……その目を見るのが、デュランは辛かった。

「ですが、私が剣を習っていた師は、バースに分け隔てなく剣の道を説いてくれました。剣の前ではバースなど関係ない。強さのみが真実なのだと言って」

「おまえは、オメガのことをどう思っている？」

リカルドはいつになくよく話し、しかも内容が具体的だった。いつもは口数が少なく、王族のあり方として、端的な言葉のみで伝えることが常なのに。

「私は正直、そういったことに疎くて、オメガが孕むとはどういうことなのか、よくわかっていません。でも、発情するから動物的だとかそういう表現は嫌です。同じ人間なのに、好きでそのバースに生まれたわけではないのですから」

ですが、と、デュランは言葉を継いだ。話題は風通しよくなるどころか、真に迫っていく。だが、リカルドが心を割って話してくれているのなら、自分はその思いに応えねば、と思った。

「王都は華やかで自由で、バースに関係なく道を切り拓《ひら》いていけるところだと思っていました。士官学校では途中で挫折したものの、同期にオメガもおりました。けれど、卒業後はアルファしか親衛隊に入ることはできないと知り……現実を思い知らされました」

デュランは苦笑した。そして続ける。

「でも、今はこうしてアンジュさまをお守りすることができて幸せです。その道を示してくださったリカルドさまに、心からの忠誠を捧げます」

そんなものはいらぬとつっぱねられても――デュランは懐にしのばせたクラヴァットの辺りにそっと触れる。それは、衣服の上からでもわかるほどに、熱を放っていた。

――おまえはオメガだろう?

そう指摘されたことについては曖昧なままだ。オメガと言われたことは不快ではないけれど、なぜだろうと思うと居心地が悪かった。

（リカルドさまは、そのことを話してくれるだろうか）

デュランの心に気づいているのかいないのか――リカルドはおもむろに自分のことを語り始めた。

「私を産んだのは、男性オメガだった。つまり、産みの母ということだ」

「そうでしたか……」

なんと言って返せばよいかわからず、ありきたりの返答をしてしまう。だが、リカルドは気に留めることなく話を続けた。

「貴族たちが王族に取り入ろうと、美しいオメガを差し出すのはよくあることだ。私の母もそうだったのだろう。慣例にならって、私は父の后のもとで育てられたわけだが、幼い頃は、私は母上の本当の子どもだと思っていた。だが、愛されていないことは、子ども心にも感じていたのさ」

「そんな……」

ショックを受けるデュランに対し、リカルドは淡々と答える。

「兄上には優しいのに、名前すら呼んでもらった記憶がない。それでも、学問や剣に励んでいれば、いつか褒めてもらえると希望を抱いていた……十三歳の誕生日まではな」

十二年前――ネリンの町でお会いした頃だ。デュランは思い起こしていた。

あの時の笑顔は、高貴で優しかった。僕はひと目で魅せられて、そして今、ここにいる。

「十三歳の誕生日に、何かあったのですか？」

「……おまえは優しいな」

「わっ……私がですか？」

ふと、話の方向が自分に向き、デュランは慌てた。

（えっ、なに？　僕が優しいってそれはどういう……）

嬉しいと思う心はもちろんだが、リカルドに直接そう言われたことで、デュランの胸は痛いほどの鼓動を刻む。

「今日、この誕生日の祝いをアンジュに提案してくれたのはおまえなのだろう？　私は十三歳から昨日まで、誕生日というものが嫌いだった。だが、今日は生まれてきてよかったと思っている」

その言葉が深く心に刺さり、デュランは涙を懸命に堪《こら》えた。

誕生日が嫌いだなんて、それは生まれてきたことを否定するのと同じだ。思っていたよりも深い彼の心の傷を思い、そして今日初めて、生まれてきてよかったと……その言葉の意味が重すぎて、受け止められないほどだ。

「そ、そう思っていただけて、よかったです……すみません。お答えしたいことはたくさんあるのに、心がいっぱいで……」

デュランはそう言うのがやっとだった。

「人に祝われるというのは、よいものだな。おまえとアンジュは私にそれを教えてくれた」

　ふっと微笑み、リカルドはデュランを正面から見つめてきた。

「……っ」

　その目を見た瞬間、デュランは思った。この方の傷や孤独に寄り添いたい。癒やすことができるなどとは思わない。ただ、寄り添うことで少しでも心が軽くなるのなら――。

「あの、厚かましいかもしれませんが、もっと、聞かせてください。私は、リカルドさまのことをもっと知りたいです」

「……何を赤くなっておる」

　リカルドは、少し意地悪を言う。デュランは「えっ？」と声を上げてしまった。

「赤くなって……？」

「あの林檎のようにな。可愛いではないか」

（かっ、可愛いって……冗談だよね……リカルドさまが冗談？）

「こ、これはですね、その……」

　しどろもどろになって言い返そうとするが、言葉が出てこない。冗談であっても、リカルドに「可愛い」と言われ、心が喜んでしまっている。身体の疼きもきゅんきゅんと速度を増す。デュランはちょっとしたパニックに見舞われていた。

リカルドは、赤くなったデュランを涼しげな目で見ている。だが、その目は穏やかに凪いでいる。そんなに見つめられると、また顔の熱量が増してしまう。

そもそも、リカルドさまのような男に可愛いなどと言われて、ときめかない人間がいるだろうか。デュランは思った。

深い青い目、滑らかな金髪をまとった、鋼のような体躯の彼の前では、バースなど関係なくなってしまうのでは……。

(そして僕は、リカルドさまの秘めた優しさをもう知っている……)

何かが摑めそうな感覚があった。不思議な身体の疼き、高まる鼓動、そして……。

「――ここからは聞いていて気分のいい話ではないが」

リカルドは話し続ける。「あなたのことが知りたい」という願いに、応えてくれているのかはわからないけれど……。

「聞かせてください」

デュランは真摯《しんし》に願う。とにかく、彼に寄り添いたいと思った。

リカルドはふっと息をついた。口元がほころび、静かな笑みを浮かべている。

「本当に、おまえは優しいな」

「……」

またきっと赤くなっている。

（だって、リカルドさまが可愛いとか優しいとか、そんなことばっかり言うから……）

デュランは顔のほてりをリカルドのせいにする。気持ちの底には、いつも感じる疼きとは違う、甘酸っぱいものがあった。

「アーデンランドの王族は、十三歳を迎えたら大人として扱われる。そして、その時に自分の出自について知らされるのだ」

「出自……？」

「己が誰から生まれたのか。要は、己を知り、受け入れろということだ」

そうか、王子であっても、正式な后の子どもとは限らないから……。

「私はその時に知ったのだ。私を産んだのは、隣国から父王に愛人として差し出されたオメガの男だった。隣国の王の息子で、オメガであるがゆえに人質同然に父のもとに送られたらしい。父はその男を気に入った。そして私が生まれ……だが、オメガであったために私から引き離され、王子を産んだということを漏らさぬよう誓わされた。故郷に戻ることも叶《かな》わず、辺境へと追放された」

「そんな……！」

「オメガから生まれたアルファの王子は、王位継承権は低くなる。だが、父王は自分が平定したこの国を任せるのに、母のバースは関係ないという考えだ。オメガの産みの母は追放しておきながら、そういうところだけ名君ぶって、はなはだおかしい話だろう？　だから私は何かと兄と比べられた。后が私に冷たかったわけもわかった。それから私は人を信じられなくなった。それが、十三歳の誕生日だ」

「リカルドさま……」

知らず、デュランは涙を流していた。だから、ネリンでお会いした頃とは雰囲気が変わってしまったのかもしれない。優しい方なのに。うさぎの墓に花を添え続けるような、そんな慈愛を持った方なのに……！

「デュラン……その涙は私のためのものか？　私のために泣いてくれるのか？」

「だって、そんな、ひどい……アンジュさまといい……」

「私はまだいい方だ。アンジュはあと一歩遅ければ、闇に葬られていたのだから」

「……っ」

涙を拭《ぬぐ》いながら、デュランはふわりと温かいものに包まれるのを感じた。それがリカルドの腕だと気づくのに、数秒かかった。

「だから私は、そんな世はおかしいと思っている」

「はい……」

抱き寄せられ湧き上がる、疼きと熱さ。鼓動は言うまでもない。このまま、リカルドの胸に身を投じてしまいたいと思う自分がいて、デュランはそのすべてを振り切ろうとして、必死で答えた。

「私も、オメガやベータが持てる力を発揮できる世を望んでいます」

「では、おまえができることを精進せよ」

僕ができることは、もっと剣の腕を磨き、そしてアンジュさまに心を込めてお仕えすることだ。

そんな当たり前のことが大切なんだ。……思いを新たにしながらも、リカルドの腕が離れていって、寂しいような、ほっとしたような、矛盾した気持ちが押し寄せてくる。その一方で、デュランは思った。

――そして誰もがバースに関係なく幸せになれる世を。

本当は、そうつけ加えたかった。

だができなかった。言ってしまえば、リカルドへの忠誠が満ちあふれて、自分がどうなってしまうのか、わからなくて怖かったのだ。

「近日中に、王の前で国内外の剣の使い手を招いての御前試合がある。私も出場する予定だから、見に来るといい」

リカルドはがらりと話題を変え、グラスに残ったワインを干した。

「はい。必ず参ります」

「もう夜も更けた。おまえはそろそろ部屋へ戻るがよい。私はもう少しアンジュの側で飲んでいる」

「わかりました。貴重なワインをご相伴にあずかり、ありがとうございました。楽しい夜でした」

「私もだ」

おやすみなさいませ、と部屋を辞したデュランは、自室に戻るなり、ベッドに寄りかかって座り込んだ。身体の奥を突き上げるような感覚を堪えていたのだ。

懐から取り出したクラヴァットに、デュランは唇を押し当てた。滑らかな絹を食《は》むように唇が蠢く。唇の角度を変え、また押し当てる。ほのかな絹の香りと感触に理性を奪われていくように、ただ、深く、長く、くちづけた。

(リカルドさま、リカルドさま――心からの忠誠を)

クラヴァットを下賜されてから、デュランは毎夜、クラヴァットに忠誠の誓いを捧げていた。だが、今夜はその思いがいつもより昂《たか》ぶっていたのだ。こうしてくちづけせずにいられないほどに。

ひとりの相手に、こんなにも、命を差し出してもかまわないと思うことがあるのだろうか。

アンジュにもそう思うが、リカルドへの思いはまた違う。同じようでいて、違うのだ。

(お守りしたい。リカルドさま。あなたの騎士として……)

クラヴァットにくちづけると、心も身体も、より高揚した。それは忠誠心の高まりだと、デュランは信じていた。

＊＊＊

リカルドの誕生祝いの日から、数日が過ぎた。

政務や御前試合のことで忙しいのか、あれからリカルドを見ることは少ない。

だが、彼は必ず時間を作って、少しでもアンジュの様子を見に、部屋や剣の鍛錬場に顔を出す。

「にいさま、ごぜんしあい、がんばってください！」

アンジュに盛大に応援され、リカルドの表情も柔らかい。

「私もアンジュさまと同じ気持ちです」

「ああ」

リカルドとデュランは目を見合わせる。あれから、デュランとリカルドの距離は確実に近づいていた。

「デュラン、おまえ顔色が悪いのではないか？」

ふと、リカルドが指摘する。

「大丈夫です。昨夜、遅くまで本を読みふけってしまって、少々寝不足なものですから。

そのせいだと思います」

とっさに言い逃れをしたが、本当はここ最近、体調が優れなかった。身体が怠《だる》く、熱っぽいのだ。

風邪《かぜ》でもひいたのだろうと熱さましの薬草を煎じて飲んでみたが効果がなく、無理を押してアンジュづきの任務をこなしていた。早く治さないと、アンジュさまに感染《うつ》しては大変だと考えていたところだった。

「それならばよいが……」

リカルドは危ぶむようにデュランを見た。そして手のひらでデュランの額に触れる。

「ほら、こんなに熱いではないか。今日はもう無理をせずに休め。これは命令だ」

「えっ、デュラン、おねつがあるの？」

アンジュまでやってきて、二人から休めと言われたらデュランの逃げ場はない。

（きっとそれは、リカルドさまの手が触れているからで……）

などと言うわけにもいかず、午後から休むことを約束させられた。リカルドは心配そうな表情をうかがわせながら、政務へと戻っていった。

(そういえば、リカルドさまの剣は見たことがないな)

デュランが考えていたら、アンジュは不服そうに唇をとがらせた。

「つまんないなあ。ぼくはみにいけないなんて。にいさまをおうえんしたいのに」

御前試合は王族たちアルファと、特に許された貴族や豪商といったベータしか観戦できない決まりになっている。デュランは士官学校の卒業生ということで観戦できるのだった。

「デュランがしっかりとこの目に焼きつけて、お話しますね」

(アンジュさまだって王族の血を引いているのに)

観に行けない理由を、アンジュはさらりと受け止めている。そのことが、デュランはせつなかった。

「うん、ぼくのぶんも、にいさまをおうえんしてきてね」

「アンジュさまも、もうすぐ『見極め』ですから、稽古に精を出しましょう」

兄に刺激されたのか、彼のやる気は最高潮に達しているようだ。実際に、上達は早かった。デュランはアンジュの中に、剣の才を見出《みいだ》している。

(やっぱり、リカルドさまの弟君だからかな)

士官学校時代から、第三王子の剣の腕はアーデンランド王国随一だと聞いていた。その腕を、ついにこの目で見ることができるのだ。

——きっと、戦いの最中《さなか》にあっても、リカルドさまは強さの中に、蝶が舞うような美しさを見せるんだろう。

（剣技を学ばせていただこう）

城内も御前試合のことで持ちきりだ。早く体調を戻さないと。デュランも、その日を楽しみに待っていた。

四年ごとに行われる御前試合は、元は形式的なもので、剣をもって王に忠誠を捧げる儀式だった。

だが、軍人王としてその名を半島にとどろかせたアーデンランド現国王ハウゼルは、儀式よりも剣での試合を重視した。その結果、御前試合は、国の内外から名だたる剣士を集めて対決させるという、盛大な剣術大会となっている。

何しろ、実力者たちの剣技や対決が見られるのだ。血が流れないように真剣は使われないが、試合はかなり激しいものになるらしい。

その御前試合に王族が出場するのは、初めてではないかと言われている。リカルドは父王により、試合に出ることを命じられたのだった。

「ここに集《つど》いし強き者たちよ、いざ、我にその誇り高き技と魂を見せよ！」

王の宣言で御前試合が始まる。デュランはたちまち、剣士たちの技や試合に引き込まれた。

まさに技と力のぶつかり合い。そこには、剣士個々の矜持《きょうじ》がうかがえ、どの試合も尊く、手に汗握るものだった。

実を言えば、デュランの体調は悪いままだった。だが、御前試合を見過ごすことなど考えられなかったのだ。

(みんなすごい……さすが、国王陛下が自ら選ばれた方たちだ。無理をしてでも、来てよかった)

この中にリカルドさまが……そう思うと、デュランは緊張して武者震いがするほどだった。

異例の王族の参戦について、国王は第三王子の剣の腕を国の内外に見せつけたいのだと噂されていた。それはつまり、彼がこの強者たちの中で戦えるほどの腕であるということ、何より王が、第三王子を自分の後継者にと推していることの表れだった。

そしてついに、リカルドが登場した。銀色の甲冑《かっちゅう》を身につけ、無造作に束ねた金髪が獅子《しし》のたてがみのように風になびいている。血気盛んな剣士たちの中で、その佇《たたず》まいは涼やかだが、近寄りがたく威厳のあるオーラを放っていた。

(リカルドさまの背に、青い炎が見えるようだ……)

今もまた、デュランが初めて見るリカルドがそこにいた。

傷ついたうさぎを助け、幼い弟にゲームで負けて悔しがり、寂しい子ども時代を送った彼とは違う、戦う者の顔。その目の力にデュランはまた、魅せられた。

(リカルドさま……ご武運を。怪我などされませんように)

魅せられながらも彼の身を案じずにはいられず、デュランは手に持ったクラヴァットをぎゅっと握っていた。

高らかに名前が呼ばれ、リカルドが対戦相手の前に進み出る。

誰もが息を呑む。その場は水を打ったように静かになった。

試合が始まるやいなや、屈強な剣士は威嚇《いかく》するような咆哮《ほうこう》を上げながら、リカルドめがけて突き進んでいった。襲いかかる獣を蝶のようにひらりとかわしたリカルドは、一瞬のうちに間合いに入って、獣の喉元を突いたのだ。

「……勝者！」

やがて我に返った審判がリカルドの手を挙げる。その場に大歓声と拍手が沸き起こり、皆はリカルドの勝利を称《たた》えた。

(すごい……！)

あまりに決着が早く、技を見極めることなどできなかった。デュランは大興奮の渦のただ中で、ただ茫然自失としてクラヴァットを握りしめていた。

他の試合も同様だった。対戦相手は、必ずリカルドを威嚇するような気を放ちながら彼に挑んでいく。

そうして自分を鼓舞しなければ進めない剣士たちの精神状態が、デュランにはよくわかった。剣を持って立つリカルドには、相手を恐れさせるような気配があるのだ。

(まるで……軍神を相手にしているような——)

目の前では、激しい剣の打ち合いが繰り広げられていた。

だが、間合いに立ち入らせないリカルドの動きは俊敏で、そして剣は岩をも叩き斬るような威力を持つ。静と動の見事な太刀筋だ。

これが最終試合で、リカルドの優勝は決定的だった。

試合を凝視していたデュランの目から、涙がひとつこぼれた。その涙はぽたぽたとクラヴァットを濡《ぬ》らし、止まってくれない。

(自分が恥ずかしい……)

デュランは思った。あまりにも身の程知らずで笑い話にもならない。あれほどに強いリカルドさまをお守りするつもりでいたなんて……。

これではリカルドさまのお役に立つことなどできない。そもそも、ベータの自分が、完璧な王族アルファである彼を守ろうなどと……。

(自分の身は自分で守れると言われるはずだ)

——孤独な少年時代を送ったリカルドさまは、その寂しさ、空虚さを埋めるために剣にのめり込んだのか。それとも、天から授かった才というものなのか。

「リカルド殿下、万歳！」

誰かが叫んでいる。その声は、やがて幾重にもなって広がっていった。

御前試合でその雄姿を示したことで、リカルドは王位継承争いに王手を打った。今や、彼は誰もが認める英雄だった。

——リカルドさまが遠い。

沸き返る聴衆の中で、デュランは唇を噛んだ。

（リカルドさまはいずれ、王になられる方だ）

弟君を通して親しく接してもらっていることで、王族と家臣という現実が、少しずつ見えなくなっていたんだとデュランは知った。

自分は皆の知らないリカルドさまを知っている、自分は特別なのだと思っていた。

いや、本当に、特別な存在になりたかったのだ。誰よりも彼の近くにいたかった。彼を真に理解しているのは自分だけなのだと舞い上がって。

身分の差——剣技の差よりも厚い壁。どれだけ忠誠を誓おうとも、彼はどんどん遠い存在になっていく。

（部屋へ戻ろう）

ふらふらしながらデュランは立ち上がった。身体が怠い。また熱が上がってきたみたいだ。

早く横になりたい。いや、アンジュさまが試合の話を聞くのを待っている……。

意識朦朧《もうろう》となりながら、デュランは歩いていった。

体調がよくならないままに、デュランの落ち込みは続いた。

へこんでもすぐに前向きになれるのが取り柄だったのに、気持ちが切り替えられないのだ。それほど体調が悪いからなのか、先日、リカルドの試合を見た時の諸々《もろもろ》のショックが深いからなのか。

（きっと両方だ……）

リカルドさまの顔が見たい。デュランは無性にそう思った。

気弱になっているからだろうか。会いたいと心が願うのだ。だが、そうすればまた、リカルドとの身分の差、厚すぎる壁を思い知り、苦しくなってしまうのに。

リカルドは試合のあとも、諸国から招かれた客人たちとの会食や謁見などで忙しくしているという。そうした場を好まない彼のことだ。きっと渋面のままでいるのだろう……そんなことを思うだけでも、デュランは呼吸さえ苦しくなる。

自分が持てるものは剣の腕だけ。だが、剣技についても自分は驕《おご》り高ぶっていた。

敵の多いリカルドさまの役に立ちたいのに。いつか彼を守る騎士として認められたかったのに。

デュランは熱で重くなった頭を横に振る。

ならば、もっと剣の腕を磨いて、鍛錬して、強くなればいいんだ。信頼してもらえる家臣として、精進すればいいんだ。そうすればお側にいられる。

だが、そう思ったあとから、いずれ王になる方を相手に、ベータの自分が何をしても無理だと打ち消してしまう。懸命に言い聞かせているのに……。

(起きなければ……)

デュランは鉛のように重い身体をベッドから持ち上げた。そうするだけで脂汗が浮く。熱が高いのか、悪寒もする。今日はいつもより、さらに具合が悪い。

だが、今日はアンジュの剣の『見極め』の日だった。これまでの鍛錬の成果を見て、次の段階へ進めるかどうかの判断をするのだ。アンジュはこの日のために、幼いながらに努力を重ね、意欲にあふれていた。

(行かなければ、アンジュさまが待っている……)

リカルドさまに誓ったのだ。アンジュさまをこの身に代えてもお守りすると。役目を離れることなどできない。したくない。

息苦しさからの浅い息を持て余しながら、デュランはクラヴァットを手にして、衣服を整えた。


アンジュと共に鍛錬場へと向かうデュランは、想像を絶する気力で平静を装っていた。

「デュラン、ぼく、がんばるからね！」

目を輝かせるアンジュに、

「はい、楽しみにしています」

デュランは笑顔を作って答える。やはり、アンジュさまのために出てきてよかった。僕は何よりも、アンジュさまの騎士であり、家臣なんだから。

「リカルドにいさまにも、みにきてもらいたかったな。おいそがしいからむりだったけど」

（……っ！）

リカルドの名を聞いた刹那、デュランの胸が異様に高鳴った。デュランは目眩《めまい》を覚えてふらついてしまい、鍛錬場入り口の柱で身を支えた。

「デュラン、どうしたの？　まだぐあいがわるいの？」

「ちょっとつまずいただけですよ。ご心配ありがとうございます。さあ、始めましょう」

聡く優しいアンジュさまは、僕を案じて、このあり様をリカルドさまに知らせるだろう。

（嫌だ、こんなに情けない姿を知られるなんて……）

デュランは息苦しさと脂汗に耐え、力を振り絞ってアンジュの前で剣を構える。

だが、それが限界だった。構えた剣を、石の床の上に落としてしまう。

「どうしたのデュラン！」

デュランが剣を落とすなんて！

ただならぬ様子を感じたアンジュは、デュランに駆け寄った。

「すみません、アンジュさま。さあ、続きを……」

カランと乾いた音をさせて落ちた剣を拾おうとその場に屈んだとたん、デュランは再び激しい目眩に襲われ、その場に倒れ込んでしまった。

「う……っ」

デュランは、クラヴァットをしのばせたところを無意識にぎゅっと掴んでいた。そうすることで、この状態をさらに増幅させることになるなど、知りもせずに。

「たちあがらないで！　すぐにリカルドにいさまをよんでくるから！」

アンジュは叫ぶと同時に、鍛錬場を飛び出していった。

「いか……ないで……」

デュランは懇願した。先ほどと同じように、リカルドの名を聞いたとたんに、身体が燃え上がるように熱くなる。

「ああ……っ」

デュランは身悶《みもだ》えて、これまでリカルドの側で感じてきた疼きの正体をはっきりと知った。今まで感じてきたそれが、大波となってデュランに襲いかかってくる。

これは……これは、欲情だ。

ここに触れろと、本能がデュランの初々しい茎に手を伸ばさせる。

それは、初々しいどころではなく、熱をもって硬く育っていた。

(暑い……っ)

上昇する体温に耐えられずボタンを外そうとするが、指が震えて上手くできない。

(くる、しい……)

少しでも楽になりたい。中途半端に上着とシャツをはだけたまま、下穿《したば》きの中に手を差し込み、無意識に握っていたのは、硬くはちきれそうな屹立《きつりつ》だった。

こんなこと嫌だ、駄目だと思うのに、理性と感情は完全に切り離されてしまっていた。

剣しか握ったことのない右手が、未知のはずの快感を求めて、己の茎を激しく上下する。

暑い、どうすれば楽になれるんだ。

上着とシャツは片肌脱げた状態だった。肌が中途半端に空気に晒されただけで、熱は退かない。

乳首が時折シャツに擦《こす》れ、そのたびに、びくんと肩が跳ねる。息苦しさもどんどんひどくなる。デュランは、下穿きから己のものを引きずり出した。

「リカルド……さま……っ」

その名を口にすると、身体の中から何かが溶け出したのがわかった。

「あ、やぁ……っ」

——どうしてリカルドさまの名を呼ぶんだ！　これはとんでもない不敬だ！

——触ってほしいのだろう？　リカルドさまに。

——そんなこと……ない……っ。

「ん……っ！」

——素直になれ、デュラン……。

（リカルドさま……っ）

頭の中で二つの声がせめぎ合う。最後はリカルドの声のようだった。

デュランは吸い寄せられるように、屹立の裏側——そのさらに奥にある秘所に指を伸ばしていた。身体の中から溶け出したものは、そこにぬるぬるとした水たまりを作っている。

「なんだ、これ……っ」

この淫《みだ》らな液体が自分の身体の中からあふれたのだと思うと、デュランは怖くなった。それなのに、その液を指にまとわりつかせ、秘所に挿入してしまう。そんなことをしている自分に嫌悪する。

だが、行為を繰り返しても、満足できないのだ。

剣に夢中で、恋愛には奥手だった。誰かと深い関係になったことはない。これはまるで、まるで……話に聞く、オメガのヒートそのものだ。

「どうして……」

自分に何が起こったのかわからず、自分を弄《もてあそ》ぶことをやめられない。

「あ、や……っ」

吐精しても、楽にはならない。ただ、身体がもっと強い刺激を求めてきただけだった、

「あ、う……っ」

ここは聖なる鍛錬場だ。その聖域を精で汚して、許されない、許されないのに。

「助けて……リカルドさま……っ――」

その名に助けを求めた時だった。

「デュラン！」

眼前に現れたリカルドに、デュランは潤んだ黒い目を見開いた。涙がぽろぽろこぼれて落ちる。

「リカルドさま……ああ……来てくれた……」

デュランはリカルドに両腕を伸ばす。

シャツで擦れただけなのに、ぷっくりと熟れた乳首が見え隠れし、屹立は熱さを衣服の下から主張している。秘所からあふれた液は、布に染みを作っている。

全部脱がせてくださいと乞い願うようなその姿は、全裸よりも淫らなことを、デュランは知らなかった。

(リカルドさまが欲しい。僕はベータなのに、男なのに、でも……)

アルファが欲しいんだ――デュランの奥底で、囁く者がいた。

4

「怖い……怖いのです……自分の、からだ、が……」

デュランに最後まで言わせず、リカルドはデュランをかき抱いた。身体が触れ合ったとたん、デュランから甘い花のような香りが漂い、リカルドからも、強いジャコウのような香りが立ち上る。

もはや、欲情に抗うことはできなかった。リカルドはデュランの唇を奪い、誰も触れたことのない舌を強く吸い上げた。

「ん……っ」

何もかも初めてなのに、なぜ、くちづけに応えることができるのだろう。

デュランもまた、リカルドの舌を求め、確かめるように甘噛みせずにいられなかった。

「リカルドさま……、リカルドさま」

リカルドは、つたない舌技と自分の名を呼び続ける姿が、いじらしくてたまらないように一瞬、きつく抱きしめ、再び激しくくちづけて、あやすようにデュランの黒い巻き毛をかき混ぜた。

「もう怖くない。大丈夫だ」

「ああ……っ」

安心したのか、デュランは泣きながら悶える。その姿がまたリカルドに火をつける。このままでは到底終われない。

ふわりと身体が浮いたかと思うと、デュランはリカルドに抱き上げられていた。

目の前にある胸板はいつも衣服の上から見ているよりも厚く、逞《たくま》しく感じる。顔をすり寄せ、デュランはリカルドの首に腕を絡めた。

(……まるで女の子みたいだ)

思うだけで、彼に触れていたい気持ちには抗えない。

「ここを出るぞ」

リカルドの上着に覆われて姿を隠される。

誰に出会うかわからない城内だ。だが、デュランは、そんなことなど考えられなかった。リカルドと抱き合い、唇を重ねた時から、最後の理性は消えてなくなったのだ。

「ああ……んっ」

上着の中で、デュランは耐えられずに剝《む》き出しになっていた乳首と、しっかりと芯《しん》をもった屹立をまさぐっていた。

「一緒に触ると、気持ちいい……ああっ」

「刺激的なことを言うな」

困ったようなリカルドの声が答える。

「でも……んっ、だめ……自分、じゃ、だめ……ああっ、リカルドさまに、触って、欲しい……っ」

デュランを抱えながら、走るリカルドの速度が増す。

ああ、早く……早く連れていって。どこへでもいいから——。

ややあって、リカルドが扉を開ける気配がして、ほどなくデュランは寝台の上に下ろされた。

「ここは私のもうひとつの部屋だ。中庭から奥まった離れだから、誰も来ることはない。私がここにいる時は、呼ぶまで来るなと言ってある」

衣服を脱ぎ捨てながら、リカルドは早口で説明した。

「ア……アンジュ、さまは……」

「大丈夫だ。家庭教師にあずけてきた。おまえは急病だが、心配せずに待てと言ってある」

デュランの前髪をかき分けて、リカルドはその額にくちづける。デュランはリカルドの頭を引き寄せ、手足を絡ませながら、掠れた泣き声で訊ねた。

「私は……びょうき、なのですか……?」

そうに決まっている。ベータなのに、こんなにリカルドさまが欲しい。こんな淫らになってしまうなんて。

「病気ではない。アンジュに言ったのは単なるその場しのぎだ。だが、今のおまえは私でなければ鎮めることはできない」

「いや……いや、です。もっと、触ってくださ……い。鎮めないで……っ」

矛盾を吐き、デュランは自ら膝を割って、こんこんと愛の液があふれる秘所をリカルドの前にさらけ出した。

「ここが……疼いてつらいのです……ああっ……」

リカルドの前でデュランは自らの指を抜き差しした。もはや、新たな波に攫われて、自分が何を言っているのかもわからなかった。

「そんなふうに、私を煽るな……」

秘所から抜かれた、ぬらぬらと濡れた指を舐《な》め上げてから、リカルドはデュランの膝をさらに大きく割って、ひくひくと泣いているそこに、舌を這《は》わせ始めた。

「ひっ！」

恐れるような声が出る。だがそれはすぐに、歓喜に変わった。

「リカルドさま、リカルドさま……っ」

金色の頭をもっと深くと掴み、その毛先に腿《もも》を撫でられても感じてしまう。上を向いたそこから、白い液がほとばしり出る。

「ああ、もっと……っ」

「可愛い……デュラン、可愛い……おまえのここがどんなに綺麗な色をしているか、見せてやりたい」

そう言って、リカルドの舌がデュランのなかを抉《えぐ》る。

「そして、どんなにいい匂いがするか……私は、おまえに酔ってしまいそうだ——」

語尾は淫らな水音が消していく。

「気持ちいい……ああ……」

デュランは腰をくねらせ、もっととねだる。そのたびにリカルドは舌の挿入を深くして、湧き続ける甘い液にまみれた。

果てない欲情に、優しく、激しく、熱く応えてくれる相手がいる。

それが主君のリカルドだと、未だ冷静に考えられないデュランだったが、その心の中に、少しずつ幸福感が芽生えてくる。

「リカルドさま……ありがとうございます……」

くちづけの合間に、デュランはリカルドに囁いた。

「私を、抱いてくださって」

すると、リカルドは微笑んだ。とても艶めいた笑みだった。デュランの心臓が、これまで以上に大きく高鳴る。

「デュラン、抱くというのは、もっと先があるのだ」

その言葉を聞いた刹那、デュランの身体の奥が、ずくんと激しく疼いた。

「ああ、あ……」

同時に、屹立からまた白い液があふれ出そうとする。すかさず茎を口に含み、リカルドは舌と唇で激しく扱《しご》いた。

「やっ、あああ、あ……！　で、る……っ」

ほぼ、叫び声だった。すぼめた唇で搾り取られる様まで見て、デュランは視覚からも、深い快感に落とし込まれた。

「う、うう……っ」

こんなに感じているのに、身体の震えが止まらない。いや、感じているから震えるのか。デュランはすすり泣きながらシーツに顔を埋めた。いつの間にか衣服は剝かれ、一糸まとわぬ後ろ姿を、ぬらぬらと濡れた尻をリカルドに晒していることに、気づきもしなかった。

身体の奥から「まだ足りない」と悪魔のような声がする。それは、自分の真の思いなのだ。デュランはその、内なる欲望がまだ怖かった。

「疲れたのか？」

リカルドが優しく問う。デュランは首を後方へと傾け、リカルドを見上げた。光の穂の

ような金髪、服をまとっている時よりも厚くて広い胸。

そして――。

その身体の中心には血管を浮かび上がらせてそそり立つものがあった。こんな時であっても高貴で美しい彼を裏切るほどに、猛々しい男根。

「もっと……あなたが欲しい……あなたとひとつになりたい……」

恋も愛も知らない、その行為も知らないデュランにそう言わせたものはなんだったのか。リカルドの精を受けなければ、この飢えが満たされることはないのだと、教えたものはなんだったのか。

「デュラン……おまえを壊したくない。だが、自分が抑えられるかどうか、自信がない」

「それなら、私が……溶けて、しまえばいい……んぁ……っ！」

後ろにリカルドの猛々しい切っ先が触れただけで、デュランは身悶えた。早く、早く、と喘《あえ》ぎながら、シーツに熟れた乳首を擦りつける。

「デュラン……っ！」

リカルドがデュランのなかに自身を埋めた。

先ほど、舌や指で満ちていた襞《ひだ》の道が、たちまちリカルドのかたちに馴染《なじ》み、彼を奥へ、奥へといざなう。

うなじにキスをされる。激しい律動に比べ、惑うような優しいキスだった。

もっと激しく触れてほしい。だが、唇は離れていく。どうして……?

後ろから前後、左右にと揺さぶられ、ジャコウの香りが強くなる。みっしりとしたリカルドの質感が奥を突き上げる。やがて、その衝動で、デュランのなかで、ふわりと何かが開いた。

「デュラン、受け止めてくれ……!」

リカルドに応えるように、デュランは無意識に、射精するリカルドを締めつけていた。奥が濡れる。放たれたものが、その開いたところに注ぎ込まれていく——。

(ああ……)

デュランは泣いた。リカルドの精が、自分と溶け合っていく……。

「デュラン……私のオメガ……」

(オメ、ガ……? 何?)

リカルドが放ちながらうわごとのように呟いたひとことが、精と一緒にデュランのなかに染み込む。だが、それ以上問う理性も余裕もなくて、デュランはただ、リカルドを感じていたかった。

放ったあとも熱と硬さを失わないリカルドが、自分のなかで揺らめいている。

それを確かなものにしたくて、今の幸福感をもう一度味わいたくて、リカルドに抱きしめられたくて……デュランは自ら腰をくねらせていた。

リカルドが言うには、オメガのヒートはその長さや濃さに個人差はあるが、激しいばかりではなく穏やかな時もあって、それが周期的に繰り返され、次第に落ち着いていくものであるという。

デュランとリカルドは、数日の間、深く激しく愛し合った。

身体をつなぐ角度を変え、深さを変え、かたちを変え……リカルドがこの離れに蓄えておいた水や食べ物がなければ、二人は互いの身体や唇を貪《むさぼ》り続けていたかもしれない。

「ほら、水だ」

リカルドに水が入ったグラスを差し出されたけれど、デュランは拗ねるようにしてシーツに潜り込んでしまった。欲情が少し落ち着いた頃に襲ってきたのは、激しい羞恥《しゅうち》と、リカルドに対する恐れ多さだった。

(どうしよう、リカルドさま相手に、僕はなんてことを……)

「仕方がないな」

水を口に含んだリカルドは、いとも簡単にデュランの身体を引っ張り出し、唇を重ねてくる。

「ん……」

リカルドの唇から注がれた水が、デュランの涸《か》れた喉を潤す。喘ぎすぎたのか、抱かれている間も、こうして何度も水を飲ませてもらったのだ。

「落ち着いたなら、少し話をせぬか？」

「はい……」

今度は素直に、デュランはシーツをかき抱いたままで、リカルドに向き合った。

「このような格好で、申しわけありません」

「数日間、抱き合っていたのだから、裸なのは当然だろう。そんなことは気にするな」

「気にします……あんな……あんな……恥ずかしくて死んでしまいそうです」

「何を言う」

リカルドはシーツごと、デュランを抱き寄せた。

「おまえが、突然にこうなった事態についてだが」

いつものように前置きなく、リカルドは話し始める。

どんなに恥ずかしくても、デュランは一旦抱き寄せられれば、彼の胸を押し退《の》けられない。それは、リカルドの体温の温かさを知ってしまったからなのか。

「潜在的オメガという言葉を知っているか？」

聞いたことがない。デュランは黙って、小さく首を横に振った。我ながら、子どものように甘えた仕草だったと、また恥ずかしくなる。

「ベータの中に、ごくごく稀《まれ》にいるのだそうだ。ベータのバースの奥底にオメガのバースを秘めた者が」

「それが、私、なのですか？」

デュランは目を見開いた。

まさかそんな……自分がそんな稀な存在だなんて。

「潜在的オメガには、そのバースを花開かせるアルファが対でいるのだという。だが、そのアルファと出会うとは限らない。出会っても、そのアルファに惹かれなければ、オメガ性が目覚めることはない……やっかいな話だな」

リカルドは苦笑してデュランの前髪をかき上げ、全開になった大きな黒い瞳を見つめてくる。そのまなざしには、まごうことない愛しさが込められていた。

心臓が甘い悲鳴を上げて壊れそうになる一方で、デュランは動揺が治まらなかった。

（惹かれている？　リカルドさまへの思いは忠誠で崇拝だ。そんな、惹かれるなんて不敬なこと……！）

そんなことは言えない。代わりに、デュランには聞きたいことがあった。

「潜在的オメガを目覚めさせるアルファは、出会った時にその相手がわかるのですか？」

「そうだと言われている。だから私はおまえに『オメガだろう』と言ったのだ」

それは納得できる話だった。だが、受け入れられるかと言われれば、話は別だ。

「そんな……私はずっとベータとして生きてきたのです。私はこれまで、オメガを軽視したことはありません。でも……！」

そして、震え出した身体を自分で抱きしめる。

「あんな、激しい発情……自分を見失って、ただ欲だけにふけって、リカルドさまに縋《すが》って……怖いです。怖い……！」

自分の中にある、リカルドに対する欲望に気づいてしまい、デュランはおののいていた。

アルファならば誰でもいいのではない。リカルドでなければいけないのだと。

「嫌です……私は、いつかあなたと対等に剣を交えることができるように強くなりたかった。いつか、あなたに認められて、あなたを守る騎士になりたかった」

だが、リカルドの強さを目の当たりにし、身分の差も思い知った今となっては、発情への恐れもあいまって、それは絶望的なことに思えた。

「強くなりたいことと、オメガ性のことは別の話だろう」

「同じです！」

言いながら、デュランの頭の中を、アンジュの言葉がよぎっていく。

――オメガだけど、つよくなりたい。

デュランはその声を振り切った。

「あのような発情期を抱えて、己の中の欲望に怯《おび》えて、強くなれるはずがありません」

それに、もっと剣の腕を磨かなければ、リカルドさまは王になって、どんどん遠くなってしまう……手の届かない方に。

「おまえは強い。そしてこんなにも愛らしい。その上、命を孕むことのできる尊い力を持っているのだ。騎士であることもなんら変わらない。おまえは、私の政敵からアンジュを守ってくれたではないか」

リカルドは丁寧にデュランを諭した。その優しさに、デュランの固く凍った心も溶けていく。

(ごめんなさい。アンジュさま)

デュランは心の中で詫びた。そして、今の自分はまるで駄々っ子のようだと思いながら、リカルドに答える。

「人が皆、強くなければいけないと思っているわけではないのです。ただ、私には剣しかなかったから……」

「剣しかないなどと?」

リカルドは笑った。

「おまえは美味いクグロフが作れるではないか」

「リカルドさまっ!」

デュランは真っ赤になる。リカルドは声を上げて楽しそうに笑った。

(リカルドさまが冗談を……)

その冗談は、この場を一気に和ませた。

「それに、野生の林檎を採ってきて、素晴らしいパーティーを催してくれた。アンジュに助言をしてくれたのだろう? おまえはその優しさで、アンジュと共に、私を幸せにしてくれた。それなのに、剣しかないなどと……」

リカルドの口調はだんだん糖度を増し、語尾と共にデュランの頬をそっと撫でる。デュランの胸に、砂糖菓子が膨らんで溶けていくような甘さが広がっていく。

(どうしよう……。リカルドさまに甘えたい……)

それは、駄々っ子のままで彼にこうして受け止められたいという思いだった。

いや、それだけじゃない。もっと触れてほしいし、自分からもリカルドさまに触れたい。

デュランの振り子は危うく揺れる。

臣下なのに、主君にこんな思いを抱くなんて……やっぱり僕がオメガだから?

だが、バースに理由を求めるのは、味気ないことに思えた。同じ男で、やがて王になる方でありながら、どうしても惹かれてしまう、その気持ちに正直になりたかった。

世界中の誰が許さなくても、リカルドさまが受け入れてくれるならば。

「何か言いたそうな顔だな……目がこぼれ落ちそうになっている」

驚いた時だけではないのだな――リカルドはデュランの目元にキスをする。唇で触れられたとたん、キスに仕込まれていたに違いない砂糖菓子が、しゅわっとデュランの体温で溶けていった。

「リ……リカルドさま……あの……」

デュランはおそるおそるリカルドの胸に寄り添った。発情と関係なく、デュランからそんなことをしたのは、もちろん初めてだった。

「こうしていても、いいですか……？」

「それだけでいいのか？」

思いもよらない、リカルドの言葉だった。その言葉を聞いたらもう、デュランはリカルドを求める気持ちを抑えられなくなった。

「髪を……撫でてください」

リカルドさまの指が好きだ。デュランはリカルドに願った。

「それから？」

優しく黒い髪を梳《す》きながら、リカルドは訊ねる。

「額に、くちづけしてください……」

ちゅっと音をさせて、小さなキスが額に散る。うっとりとしながらも、デュランは、戯《たわむ》れるような触れ合いではもの足りなくなっていく。

「それから?」

キスの合間にリカルドが続きを促す。デュランは身体中の熱が顔に集まったのではないかと思うほどに頬を熱くしながら、小さな声でねだった。

「唇に、くちづけて、ください……」

「優しく? それとも、激しく?」

「は、げしく――」

次の瞬間、深くて濃いくちづけに襲われた。

リカルドはデュランの顎を捉えて上を向かせたかと思うと、舌をねじ込み、唇をこじ開けた。そのまま、舌を誘い出して絡ませてくる。

「んっ……う」

発情している間は、自分も夢中で何も感じる余裕がなかったが、ねっとりと濃いくちづけに、呼吸も奪われる。

息が苦しい。荒々しく激しいくちづけだったが、デュランは幸せを感じていた。

「もっと……んっ」

「もっと、なんだ?」

「強く……ああっ」

口内を舐め回されるように舌で愛され。次の嵐が来るまでに息を継ぐ。ひゅっと音をささせて息を吸った刹那、唇を重ねたまま、乳首を摘まれた。身体を覆っていたシーツなど、すでに寝台の下に落ちていた。

「もっと、触って、くださ……あ、あ、んっ」

デュランは胸を突き出していた。リカルドに触れれば触れるほど、あの身体の疼きが再燃する。リカルドの誕生日の夜、クラヴァットにくちづけたことの意味が、今ならわかる。

　デュランの身体を余すところなく味わうように、リカルドは乳首を扱いてツンとさせ、屹立を舌で焦《じ》らし、泉の湧き出る秘所を指でかき回す。そうして互いがもっと欲しくなり、身体をつなげ、揺さぶり合う——。

そんなことを何日か繰り返した。激しい欲情に突き動かされる時も、緩やかに愛し合う時もあった。

そして発情の熱は少しずつ薄くなり、波が引くように終わっていった。

＊＊＊

「デュラン！」

何日ぶりかで会うアンジュが駆け寄って抱きついてくる。

「もう、からだのぐあいはいいの？」

「はい、ご心配おかけしました。もう、すっかり元気です」

笑顔で答えつつも、心の中は火がついたように恥ずかしかった。この方の兄上と……いや、そんなことは考えるな、忘れろ！　懸命に自分に言い聞かせる。

「デュランはオメガだったの？」

「えっ？」

予想もしないアンジュのまっすぐな問いに、デュランは驚いて大きな声を上げてしまった。

「にいさまにきいたの。だって、あのときのデュランはすごくくるしそうで、ぼく、デュランがしんじゃうんじゃないかって、おもったんだもの。だから、なんのびょうきなの？ってにいさまにきいたの」

アンジュの紅茶のような色の目に、涙が溜《た》まっている。

（本当に、心配してくださったんだ……）

たまらなくなって、デュランはアンジュを抱きしめた。アンジュはぐすんと鼻を啜《すす》って、デュランの肩に頭を乗せる。

「そしたらね、にいさまが、びょうきではない。オメガはさんかげつにいっかいくらい、ああやって、からだのぐあいがかわることがあるんだっていったの。にいさまはすごくあわてて、ぼくをルイザせんせいのところへつれていって、しばらくせわをしてほしいっていってたの」

「そうだったのですか……」

デュランの頭に、黒い髪をひっつめて落ち着いたグリーンのドレスを着た、ルイザ女史の姿が浮かぶ。

アンジュは苦手だと言っていたけれど、アンジュが手紙を書きたいと言うと、便せんと封筒をくれたり、実は優しい人なのではないかと、デュランは思っていた。

「ルイザせんせいもびっくりしてたよ。ぼくもびっくりした。あんなにあせっているにいさまは、みたことなかったよ」

(守らなければならないアンジュさまを放って、僕は……)

リカルドと淫らに愛し合い、欲情にふけっていた。幸せな時間だったのに、そんなふうに自分を悪く追い詰めてしまう。リカルドもまた、焦るあまりに話してしまったのだろう。

(僕が、オメガだって……)

アンジュへの忠誠、いつかリカルドの騎士になりたいという思い、自分なりに積み上げてきたものを、ヒートがすべて打ち砕いてしまった……。

自己嫌悪に陥るデュランに、アンジュは嬉しそうに笑いかけてきた。

「でも、ぼくはデュランがぼくとおんなじオメガだったこと、うれしいな」

「そう言ってくださると、デュランも嬉しいです」

答えながら、本当にそうなのかなと自問する。アンジュはデュランにぎゅっと抱きついてきた。

「だって、ぼくだって、デュランみたいにつよくなれるってことでしょ」

「アンジュさま……」

なんて答えればいいんだろう。この、きらきらした目に——。

「つよくなりたいんだ。にいさまは、つよくなれとはいわないけど、じぶんのことはじぶんでまもれなきゃね」

ニコッと笑って、アンジュはちょっと大人ぶった言い方をする。だが、急に顔色を変えた。

「デュラン、からだがあついよ。まだおねつがあるみたい。だいじょうぶ?」

どこまでも優しく、温かいアンジュさま——涙を堪えて、デュランは笑ってみせた。

「大丈夫ですよ。お薬ももらっていますから」

「ちゃんと、わすれずにのむんだよ?　にがくてもがまんしなきゃだめだよ?」

心なしか、ルイザ女史の口調に似ている。大人みたいな態度で言い聞かせるアンジュの様子に、デュランの心はひととき、癒やされた。

その薬とは、発情を抑制する薬のことだった。

そういう薬があることは知ってはいたが、ベータとして生きてきたデュランは、それがどんな薬なのか詳しく知る由もなかった。ただ、薬を飲まないと生活しにくいなんて、オメガって不便なんだなあと思っていただけだった。

＊

『よいか、この注意書きをよく読んで、書いてある通りに忘れずに飲むのだ。おまえの体質に合えば、ヒートはかなり楽になるはずだ』

離れを出る前、デュランはリカルドから、匂いの濃い薬草の粉末と、一枚の紙を渡された。

『ありがとうございます、リカルドさま』

わざわざ調合させ、取り寄せてくれたリカルドに礼を言ったデュランだが、未知の薬に対する不安は大きかった。まだ、自分がオメガだったことを受け止められていなかったからだ。

『もし、体質に合わなければどうなるのでしょうか』

『副作用などについては、飲んでみなければわからないそうだ。だが、合わなければまた、おまえに合うように調合するだけのことだ。心配するな』

『でも、リカルドさまにそこまでしていただくわけには……』

リカルドさまは苦しむ僕を見ていられなくて自分の身体でヒートを鎮めてくれたのだ。ヒートが治まった今、デュランは冷静に立ち戻っていた。あんなに甘えたくて甘えたくてならなかったのに、これ以上甘えるのは……と考えてしまう。

『私が鎮めてやればいいことなのだがな』

言われた意味がわからず、デュランは首を傾げた。しばらくして、あっと気がついて顔を赤らめる。

『ご、ご冗談を』

『冗談など言ってはおらぬ』

二人は顔を見合わせ、奇妙な間が流れた。デュランだけでなく、リカルドも、デュランの言ったことの意味が、わからないという感じだった。

ややあって、リカルドは先に離れを出た。デュランに、子どもに言い聞かせるようなひとことを残して。

『とにかく、薬は忘れずに飲むのだぞ』

*

（アンジュさまと同じことを言ってた……）

やっぱり兄弟だ。くすっと笑ったデュランだったが、そのあとに出たのはため息だった。相変わらず体調が優れないのだ。潜在的オメガだった衝撃が大きすぎて、身体に違和感を覚える……というのは気にしすぎだろうか。そんなことばかり考えてしまい、心も沈みがちですっきりしない。

（ヒートが過ぎれば、身体も心もいつも通りになるって書いてたのに）

王宮の図書館で、バースに関する書物をこっそりと調べた。あまりにもオメガに対する知識がなさすぎたからだ。博識なリカルドだが、何かと訊ねてばかりいる受け身な自分ではいけないと思ったのだ。

――本来の僕に戻らなきゃ。前向きさだけが取り柄だったんだから。

デュランはアンジュを馬に乗せて手綱を引き、城の外に出た。

天気のいい日で、雲ひとつない青空が広がっている。目の前をリスやうさぎが行き来して、常ならばアンジュと共に喜んでいるところだ。

だが今日は歩いているだけで息切れがする。アンジュに心配をかけないように元気なふりをしているので、余計に辛かった。

――こんな時に何者かに襲われたら、アンジュさまを守れるのか？　いや、この命に代えても守るけれど。

腰に提げた剣が重い……アンジュが心配そうに自分を見下ろしていることに、デュランは気づかなかった。

「デュラン！　にいさまがりょこうしようって！　ぼくと、にいさまと、デュランのさんにんだけで！」

夜、デュランがアンジュの食事を持っていくと、扉を開けるなり、アンジュが声を弾ませて報告してきた。部屋には、リカルドもいる。

デュランは驚いてリカルドを見る。リカルドはうなずいた。

「おまえが元気がないとアンジュから聞いたのだ。私も骨休めしたいところだったし、アンジュは旅などしたことがないから、いい機会だ。三人で水入らずで過ごしたいと思ってな。おまえにも気晴らしになるだろう」

「お誘いいただき、ありがとうございます」

デュランは驚きつつも頭を垂れた。

「ですが、水入らずと言うのは……？」

「ああ、供や護衛は連れて行かぬ。三人だけでのびのびと過ごしたいのだ。行き帰りだけは馬車を用意するつもりだが」

（リカルドさまはご自分の剣と、僕の剣で十分だと思っているのかもしれない。でも、今の僕は……）

三人で過ごせるのはとても嬉しい。だが、こんな時に体調が悪いなんて。

自己管理のできなさ加減に、デュランはまた自分が嫌になってしまう。心も不安定なのを自覚しているだけに、もどかしい。

行き先は、南の国境近くにある離宮だとリカルドは語った。冬の終わりのこの時期でも暖かく、近くに湖があって、とても美しいところだと。

「おさかなつりとかできる？」

「ああ、できるとも。水は冷たいだろうが、浅瀬で水遊びもできる。舟も用意しておこう」

リカルドの言葉に、アンジュは大喜びだ。

「たのしみだね、デュラン！」

「はい」

デュランはアンジュに笑顔で返し、次にリカルドに訊ねた。

「お食事はどうしましょう。私でよければ、不慣れですが、がんばります」

「何もせずともよい。食料は保存のきくものを持っていく。おまえはクグロフを焼いてくれればそれでよい」

リカルドは口角を上げてニッと笑った。

「では、木に登って何か果実も採らないといけませんね」

デュランはリカルドの冗談を受けたつもりだったが、リカルドは真顔になった。

「いや、それはやめておけ」

「え?」

「危険だからそれはしなくていい」

「じゃあ、ぼくがきにのぼって、りんごをとってくるよ!」

「登れるものならな」

「のぼれるもん!」

アンジュが話題に入ってきて、それ以上は聞けなかった。だがリカルドのその言葉は、なぜだかデュランの心に引っかかってしまったのだった。


三日後、三人は馬車で南の離宮へと出発した。

豪華で大きな馬車も、遠出も初めてのアンジュは、窓の外の景色を見ては、鹿が通ったとか、きつねがいたとか、「あれはなに?」「これはなに?」と大はしゃぎだ。

「アンジュがこんなに喜ぶなら、それだけでも出てきた甲斐《かい》があったな」

リカルドもまたくつろいだ様子で、窓から入る風に金髪をなびかせ、座席にゆったりと座っている。

「もっと早く連れてきてやればよかった」

それは、リカルドのひとりごとのように聞こえたので、デュランは何も言わず、ただゆったりと微笑んだ。

「体調はどうだ？」

「はい、怠さや目眩は日によって違いますが、今日はいつもより楽です。やはり気分転換が効いたのですね」

もう大丈夫ですと言っても、リカルドには通用しない。デュランは正直に答えた。

（何事も起こらなければいいけど……）

アンジュを攫われそうになった時のことを思い出す。

リカルドには王位継承を巡って敵が多い。いつどこで襲われてもおかしくないのだ。

そしてデュランは、この旅にリカルドのクラヴァットは持ってこなかった。

ヒートを経験して、何が自分をオメガに目覚めさせたのか、よくわかったからだ。何しろ、忠誠の証《あかし》として肌身離さず懐にしのばせ、濃厚なくちづけもしたのだから。

「デュラン」

「はい」

ふと名を呼ばれて、心臓が跳ねる。

抑制剤を飲み始めたせいだろう、以前のように身体が疼くことはなくなった。だが今は、リカルドをアルファの男として意識してしまう——そんな自分に、デュランは気づいていた。

(目覚めさせたのはリカルドさまであっても、身分違いもはなはだしい。夢を見てはだめだ、デュラン。あれはきっと、ただ一度きりのことだから……)

「よい休暇になるといいな」

「本当に」

心に様々な思いをしまい込み、デュランは明るく答えた。


幸い、何事もなく無事に離宮に到着した。御者が城に戻り、これで本当に三人だけの時間が始まった。

「ちっちゃいけど、すてきなおしろだね！」

アンジュは早速、離宮の散策を始めている。デュランとリカルドは荷ほどきをして、食料や衣服を片づけた。

リカルドが言った通り、目の前には湖が広がっていた。その向こうに見える山の稜線《りょうせん》と共に、素晴らしい景色だ。

「あの山を越えれば海だ」

「海は見たことがありません。一度でいいから見てみたいです」

リカルドが指差す方向を、デュランは目を細めながら眺めた。

(幸せだな……リカルドさまがいて、アンジュさまがいて……こんなに穏やかで)

すると、リカルドが背中からふわりと抱きしめてきた。

「リ、リカルドさま……っ」

「次は海を見に行けばいい。こうやって、いつでも」

「は、はい」

窓から吹き抜ける風にリカルドの金の絹糸がなびき、デュランの頬を撫でていく。きっと赤くなっているだろう顔を見られなくてよかったとデュランは思った。せわしない心臓の音は聞こえているかもしれないけれど。それなのに。

顎を捉えられ、振り向かされる。顔が近づいてきて、デュランは思わず目を閉じた。唇が重なる。それは小鳥が啄《ついば》むような優しいキスだったけれど、自分を戒めていたデュランの心を甘く溶かしてしまった。

「リカルドさま……」

「キスが欲しそうな顔をしていた」

いたずらっぽい目で、そういうことを言う。

「そ、そんなことありません！」

「そうなのか……？」

追い詰められれば抗えない。リカルドの青い目には、魔力が潜んでいるに違いない。

（どうしてキス……）

僕たちは恋人同士でもなんでもないのに。ただ、一度身体を重ねただけのアルファとオメガなのに……。

思いながらも、デュランはうっとりとリカルドの唇を受け止めていた。


山あいに夕陽が沈む様を堪能してから、夕食の準備をした。

燻製肉《くんせいにく》と、日持ちするようにマリネされた野菜。パンにバター、そして自分たちで淹《い》れる紅茶。城にいる時とは比べ物にならない質素なものだが、どうしてこんなに美味《おい》しいのだろう。

三人で様々な話をしながら食事を楽しむ。アンジュは、ルイザ女史と過ごした何日かの話をしたが、どうやら彼らは仲良くなったようだった。

「デュランは、いつクグロフをつくってくれるの？」

「では、明日作りましょうか」

「あしただって！　たのしみだね、にいさま」

「そうだな」

はしゃぐアンジュに、リカルドは穏やかに微笑む。

（いいな、こんな雰囲気……）

そうだ、家族に似ているんだとデュランは気づく。

故郷にはもう何年も帰っていないけれど、今こうして、第三王子殿下と、その弟君と三人で過ごしているなんて知ったら、皆すごく驚くだろう。

（だけど、僕が実はオメガだったって知ったら……）

偏見の強い田舎町だ。家族は全員ベータ。兄夫婦に生まれた子どもたちもベータだと聞いている。

「ねえ、あした、ぼくもいっしょにつくってもいい？」

見上げるアンジュの愛らしさ、純粋さに、そんなことを考えた自分を、デュランは即座に恥じた。アンジュさまはこんないい子に育っているのに。

「もちろんですとも」

にっこり笑って、デュランはアンジュを膝に抱き上げた。

(この三人でいると、バースのことなんか関係ないって思える。ただ、人としての三人でいられるんだ)

リカルドと二人だと、彼を男として意識してしまう。だが、アンジュが入ると違うのだ。

(家族みたいなこの雰囲気は宝物だ。でも、いつまでこうしていられるんだろう)

「どうした？　憂い顔だな」

デュランが表情を曇らせると、リカルドがすかさず気遣う。

「ご心配ありがとうございます。大丈夫です。明日のクグロフのことが気になっただけで」

作ったのではない笑顔が自然とこぼれ出る。心が落ち着いている証拠だ。

「確かにアンジュが手伝うとなると心配だな」

「にいさま、ひどい！」

アンジュが異議を申し立て、三人で声を上げて笑う。

こんなに幸せな場を設けてくれたのはリカルドなのだ。

(ありがとうございます、リカルドさま)

デュランは心の中で呟いた。

寝室は、デュランとリカルドでひと部屋ずつ。アンジュはその時の気分で、好きな方で寝ることになった。

離宮はいつでも滞在できるように完璧に管理されていて、陽の匂いのする温かな毛布に潜り込み、デュランは離宮の管理人に感謝を捧げた。

初日は、アンジュはリカルドと寝ることになった。

「無理して早く起きてこなくていい。これは命令だ。朝食だって運んでやるから、朝はゆっくりしていろ」

「しかし、私は臣下です。お二人のお世話をしなければ」

「ここではそういうことは考えるな」

口調は尊大だが、リカルドのデュランを見るまなざしは優しい。優しくされることが嬉しい。心に重いものを抱えながらも、やはり嬉しいのだ。

「わかりました」

デュランはありがたく「命令」に従うことにした。だが、リカルドにはああ言ったが、念のために枕元に剣を置くことは忘れない。

（もし何かあったら戦えるように、身体をゆっくり休めておかないと）

そんなふうに気を張っていたのに、温かな毛布と一日の疲れに抗えず、デュランは熟睡してしまった。

目覚めた時はすでに陽は高く、木々の間を飛び回る、野鳥たちのさえずりが賑《にぎ》やかだ。

（なんでこんなに体力が落ちているんだ……？）

自分に呆れながらも、ゆっくりと身体を休められたことを感謝せずにはいられない。

リカルドに、そしてアンジュに。

「起きたか」

その時、リカルドが顔を覗かせた。城では見たことがないような簡素な衣服を着ているが、どんな格好をしていようと、その高貴さと美しさは変わらない。

「すみません。こんなに寝坊してしまいました……」

「そのために来たのだ。気にすることはないと言っただろう？」

言い聞かせるように顔を覗き込まれたかと思うと、ちゅっと唇を奪われる。

「リカルドさまっ！」

「隙ありだな。待っていろ、朝食を持ってきてやる」

リカルドは笑いながら、部屋を出ていった。

（おはようのキス？）

デュランはベッドの上に座ったまま、しばし茫然としてしまった。

（う、嬉しいけど、なんで……？）

リカルドはあまり多くを語らない。だからこうしてキスをされる意味も、自分でじたばたするしかないのだ。身体を重ねたヒートの夜以来、彼のこうした行動は、ごく自然に増えてきている。

（まさか王子の地位にある方を問い詰めるわけにはいかないし……そうだよ、王族なんだもんな。多くを語らなくても、家臣がそれぞれ意味を汲《く》みとって、それで生きてきた人なんだから……）

立ち塞《ふさ》がる、身分の差という大きな壁。それが、デュランに一歩踏み出すことを諦めさせる。

――超えられるわけがない。この大きすぎる壁を。

以前までの能天気な自分なら、それでも前向きにがんばっただろうか。そんな日々は遠い昔に思える。

「くっ」

下腹が重い。

気がつかないうちに、どこかでぶつけたのかもしれないと思ったけれど、アザなど見当たらないし、腫れてもいない。だが、姿勢を変えるだけでも違和感を感じるのだ。

あの抑制剤が身体に合わないのかもしれない。戻ったら医師の診察を受けよう。

——オメガとして。

「デュラン、おまたせ！　あさごはんだよ！　かんりにんのおばさんがうみたてのたまごをくれたの！」

元気なアンジュの声が、デュランの考えを遮る。だが、その朝食は、オムレッツもパンも野菜も何もかもが美味しかった。

野菜とチーズ、ベーコンがきれいに挟まれたパンと、具材が盛大にパンからはみ出しているものがひとつずつ。

「ぼくとにいさまでつくったんだよ！」

得意満面のアンジュに、「美味しいです！」とデュラン。

「オムレッツはね、にいさまがバターでやいたんだよ。にいさまってりょうりもできるんだね。すごいね」

「本当ですね」

にこやかにアンジュに答えながらも、デュランは考えてしまう。

教えられなくても、なんでもできるアルファと、ヒートによって、欲情に溺れるオメガ。

体調も安定しなくて、大切な時に役に立てないかもしれなくて……。

（だめだよ、デュラン）

すぐに負へと傾いてしまう思いを、デュランは振り切る。こんなにうじうじとした自分は大嫌いだ。

「では、午後のクグロフは、二人でとびっきり美味しいのを作って、リカルドさまをうならせましょう!」

「りょうかいっ!」

どこでそんな言葉を覚えたのか。いつも明るくて前向きなアンジュ……。

彼がいてくれて本当によかったとデュランは思った。

二人で焼いたクグロフを口にしたリカルドは、とても幸せそうだった。

つかのまの休暇は、穏やかに過ぎていった。

湖で魚釣りをしたり、周辺を散策したり。また、それぞれが一日、本を読むなどして、ゆったりと過ごした。

「あーあ、もうかえるひだなんて、もっとここにいたかったな」

「楽しい時間はすぐに過ぎますね」

デュランがアンジュに同調すると、リカルドは事もなげに言った。

「また来ればよい。次は夏に北の離宮へ行こう」

「やくそくだよ、にいさま！」

「ああ」

リカルドはアンジュに笑って答えている。

ここではリカルドの笑顔をたくさん見ることができた。城へ帰っても、同じようにたくさん笑ってほしい。彼の笑顔をもっと見たい。

だけど、もうキスはしてもらえないだろうな……。

「デュラン？」

リカルドに呼ばれて、デュランは我に返った。

（何を考えているんだ、僕は……）

「気分が悪いのか？」

「いいえ、少し郷愁に浸っていただけです。ここでの日々が楽しすぎて」

リカルドに問われ、デュランはとっさにそう答えていた。

それは心からの気持ちで、寂しさが心を占めている。だからだろうか。正直、いつもより倦怠感《けんたいかん》がひどく、目眩もする。

（病は気からっていうけれど、本当だな）

そんなことを考えながら、迎えの馬車に乗り込んだ。

城まで何事もなければいいけど……。

気を引き締めて、デュランは腰の剣を確かめる。

疲れたアンジュは出発するなりデュランの膝まくらで眠り込んでしまい、デュランとリカルドの間には、静かなひとときが訪れた。

「おまえも、怠いのならば眠ればよい」

ふと、リカルドが言った。

「この峠を越えれば、もう街道だ。心配はない」

「いいえ、気を抜くわけにはいきません」

家臣として、主人を置いて眠ることなんてできない。だが、リカルドは言った。

「私の前で無理はするな。先ほどから顔色がよくない」

「でも……！」

その時、蹄の音が馬車に近づいてきて、デュランの声をかき消した。

続いて、何者かが「金持ちの馬車だ！　やっちまえー！」と、品のない声で叫び、「おうっ！」と複数の声が答えた。

「賊だ！」

リカルドが立ち上がったのと、御者の叫び声が被《かぶ》った。

「ぐわあっ！」

どさっと身体が落ちる音がして、馬車が止まる。施錠していた扉を難なく壊し、ひとりの男が、馬車の中に押し入ってきた。

「アンジュを守れ！」

「はっ！」

リカルドは神業のような速さで馬車を飛び降り、群がる数人を片づけた。が、馬車に乗り込んできた男が、アンジュを庇うデュランに剣を向けてくる。

「アンジュさま、目を閉じて、デュランの手を放さないで！」

「ガキからやっちまえ！」

「デュラン！」

「ここはお任せを！」

アンジュを庇い、片手であっても十分だった。めちゃくちゃに剣を振り回すだけの男を、デュランは倒した。あと何人だ？　リカルドさまが馬車の外で二人に応戦している。何がなんでもアンジュさまを守らなければ……！

だが、急に動いたためか、目眩に襲われた。足元がおぼつかなくなり、視界がくらりと回る。

（こんな時にっ……！）

足を踏ん張り気合いを入れるが、目の焦点が定まらない。

「今だ！　やっちまえ！」

隙をつかれ、新たな男が馬車に乗り込もうとする。

「デュラン！」

馬車の下、さっとデュランの目の前に立ちはだかったのは、リカルドの背中だった。

リカルドの足元に、ひとり転がっている。馬車に乗り込もうとした男だ。だが、リカルドはデュランとアンジュを背に庇いながら、二人を相手にするという窮地に追い込まれた。

その隙に、脇をすり抜けて別の男が馬車に上がり込み、デュランに襲いかかってきた。

（いったい何人いるんだ！　こんなやつら、いつもなら簡単に片づけられるのに……！）

アンジュを背に庇い、カン！　と音をさせてデュランが賊の剣を受け止めた時だった。

馬車の外で、リカルドの剣が閃《ひらめ》く。

リカルドは神速で相手をしていた二人を斬りつけた。そして、デュランが剣を止めていた男に馬車の下から剣を突きつける。

「仲間はすべて片づけた。観念しろ」

「この野郎っ！」

男はデュランに斬りかかる。その時、下腹に鈍い痛みが走り、デュランは体勢を崩してしまった。

（……っ！）

「デュラン！」

リカルドは馬車に飛び乗ったが、デュランとアンジュを庇いながらの戦いは不利だった。対峙《たいじ》する男を斬りつけた時、リカルドの左肩から鮮血がほとばしるのをデュランは見た。

「リカルド……さまっ！」

最後のひとりがその場に大きな音を立てて倒れ込む。

「大丈夫だ。騒ぐな……」

リカルドは顔を歪《ゆが》め、左肩を押さえている。だが彼の指の間からも血があふれ出ては落ちていく。

「御者は無事か！」

「リカルドさま、デュランさま……ひっ！」

突き落とされていた御者が、足を庇うようにして現れ、中の惨状とリカルドの怪我を見て、顔を引きつらせた。

「こいつらを引きずり出して、とにかく城へ戻れ。大丈夫か？　馬は御せるか？」

「は、はい、なんとか」

血を流しながらも御者を気遣い、命令する。こんな時でも毅然《きぜん》としたリカルドは雄々しかった。だが、馬車が動き出すと、苦痛に顔を歪める。

「にいさま！　にいさま！」

「騒ぐなアンジュ、これしきの傷で死にはせぬ。おまえは大丈夫か」

「デュランがまもってくれたから……」

そして恐怖がよみがえったのか、馬車に残る血痕を見て、アンジュは泣き出してしまった。

「リカルドさま、止血します！　動かないでください」

デュランは自らのクラヴァットを外して、リカルドの肩を固く縛り、流れる血を押さえる。

「あーん、リカルドにいさま、デュラン……！」

「もう大丈夫ですよ、怖かったのに、よく我慢されましたね」

「いつぞやとは逆だな……」

おとなしく止血されながら、リカルドが言う。デュランは悔しさに唇を噛みしめ、「はい」とうなずいた。

数こそは上回っていても、賊の剣は素人だった。いつもなら、リカルドさまと二人で難なく勝てるはずだった。

——いつもなら……！

どうして目眩なんか、痛みなんか。

どうしてこんな時に、身体が思うように動かなかったんだ……！

「……っ」

悔しくて悔しくて、デュランはむせび泣いた。自分が厭《いと》わしくて、情けなくて仕方なかった。

「申しわけありません、リカルドさま。私がもっと戦えれば……お怪我をさせてしまうなんて、すべて私のせいです……っ」

「おまえのせいではない、デュラン」

同じようにしゃくり上げているアンジュの頭を撫でながら、リカルドは静かに諭す。

「体調がすぐれぬ中、おまえはまた、アンジュを守ってくれた。そして私は、そんなおまえを守れて本当によかったと思っている」

「しかし、リカルドさま……！」

「おまえに何かあったら私は……」

リカルドの顔に、一瞬、恐怖の影が差す。だが、彼は次の瞬間には笑っていた。

「だからこれは私にとって、名誉の負傷だ。そもそも、おまえたちはこんな怪我で大げさすぎる」

リカルドはそう言うが、王族に怪我をさせてしまった。その事実は変えようがない。守るどころか、これで騎士などと……！

（帰ったら、どんな裁きでも、罰でも受けよう）

それで、あがなえることではないけれど。

そして、もうひとつ自分の中で答えが出たことがある。いや、とうに気づいていた。

ただ、これは忠誠心だと思いたかっただけなのだ。

(もし、あの方が死ぬくらいなら僕が代わりにと思った。リカルドさまがいないと、僕は生きていられないんだ)

僕は、リカルドさまを愛している。

はっきりとデュランは思った。身分違いでも、男同士でも。この国では決して結ばれることのない、アルファとオメガでも。

恋が淡くて優しい色だと言ったのは誰なのか。デュランの心は、暗い色の絵の具で塗りつぶされたようだった。

(僕がベータのままだったら、怪我などさせなかった。オメガに変わってしまって、心や身体が不安定だったから、リカルドさまを守れなかったんだ……)

城に着くまでの間、デュランは悔しさと愛しさに身体を引き裂かれるような思いを味わっていた。

＊＊＊

リカルドの傷は、出血のわりに浅くて済んだ。だが、手当てをする前に菌が入ったのか、高熱が出てしまったのだ。

デュランは王子に怪我をさせたとして、どんな罰も受ける覚悟でいたが、応急処置や傷が浅かったことから、よくぞここまで王子を守ったとして、かえって王から、労《ねぎら》いの言葉を賜ってしまった。

「国一番の剣の腕を持ちながら、リカルドには油断と慢心もあったのだろう。此度《こたび》のことは、そなたの落ち度ではない」

「もったいないお言葉にございます」

リカルドとアンジュの父である、ハウゼル王の前にひざまずき、デュランはさらに深く頭を垂れた。

（きっと、リカルドさまが自分を悪く言って、庇ってくれたんだ）

「ところで、デュラン・リーデル」

「はっ」

「今年の士官学校の卒業生の中に、ただひとりベータでありながら、卓越した剣の腕を持ち、首席で卒業した者がいると聞いていたが、そなたのことであったのだな」

その唯一のベータは、潜在的オメガだったのだが……ここで真実を告げるわけにもいかない。デュランは努めて平坦《へいたん》な声で答えた。

「御意」

「今はアルファに混じって親衛隊で働いておるのか？　リカルドとは親しくしているようだが」

ここでアンジュさまの名を出してよいものか……デュランは迷った。

だが、ハウゼル王は、母の身分が卑しすぎるとして、オメガのアンジュを母子ともに始末しようとしたのだ。王は、アルファである自分の血が現れなかったことに憤怒《ふんぬ》していたという。リカルドが保護していることを知ったら、余計なことをするなと言って、アンジュの身にも余波が及ぶかもしれない。

存在を伏せることでアンジュさまを守るなど本末転倒だ……その理不尽さが悔しい。釈然としない思いと、アンジュの身の安寧を秤《はかり》にかけ、デュランは迷った末に答えた。

「恐れながら、親衛隊を務めるには、ご覧のように私が小柄でありますことから、基準を満たすことが叶いませんでした。今では、お城の警備兵として務めております。リカルドさまにおかれましては、士官学校の頃から、私に興味を持ってくださいました。以降、時々お話したり、お身回りのご用などしております」

嘘ではない……リカルドから直々に召されたのは本当のことだ。

「あの気難しい男に親しい者など、珍しいこともあるものだと思ってな」

王は、顎ひげを撫でながら、考えるようなふうを示す。

「だから、もしやオメガの男に勝手に手を出したのかと思ったのじゃ。この大事な時に、リカルドに出自の怪しい隠し子でもできては敵わんからな。いや、そなたがベータであるならばそれで結構」

王の言葉に、デュランは頭を垂れる。だが、俯《うつむ》いたその顔は、悔しさで震えていた。

オメガの男に手を出す、出自の怪しい隠し子、止《とど》めに、ベータであるならばそれで結構。

王の言葉が、刃《やいば》のようにデュランの心をぐさぐさと刺した。

オメガである自分を、今、王に完全に否定された。僕は、リカルドさまの側にいることすら許されないのか——。

(潜在的オメガ……)

デュランは心の中で呟く。

僕はどうして、オメガに目覚めてしまったんだろう。決められた相手、リカルドさまでなければ満たされない、この苦しさを味わうために?

「それよりも、そなたリカルドと親しいならば、そろそろ后を持つべきだと意見してくれぬか」

（今、なんて……）

刃だけでは済まなかった。デュランは鈍器で頭を殴られたような感覚を覚えた。

（后……后を、持つべきだと――？）

王の前で動揺を見せるわけにはいかない。平常心を必死でかき集め、曖昧な返事をして、デュランは王の前を辞した。

緊張が解けると、またあの倦怠感が襲ってくる。よろよろと部屋に帰り着き、デュランは床にどさりと座り込んだ。

后というのは、もちろんアルファの女性のことだ。第三王子でありながら、リカルドの后の座を巡って、外国や有力貴族の姫君が、引きも切らないと聞いている。

（そんな……リカルドさまが誰か女性を抱くなんて）

体調の悪さが、嫉妬心に拍車をかける……哀しみを伴って。

オメガとアルファの間では、契約関係として番《つがい》になる者たちもいるのだという。一方、魂の番といって、運命の相手同士での番も存在すると、調べた本に書いてあった。潜在的オメガはまさにこれにあたるんじゃないか。唯一無二のアルファに出会ってこそオメガとして花開く――。

（でも、出会っても、結ばれるとは限らないんだ……）

身分の差という壁に押し潰されそうになる。なんて皮肉なんだろう。デュランは生まれて初めて、自分の運命を呪わしく思った。

初めてのヒートの時、潜在的オメガについて語ったリカルドの言葉を思い出す。

――潜在的オメガには、そのバースを花開かせるアルファが対でいるのだという。だが、そのアルファと出会うとは限らない。出会っても、そのアルファに惹かれなければ、オメガ性が目覚めることはない……やっかいな話だな。

(でも僕は、愛してしまった)

嫉妬心が、ヒートでもないのに身体を疼かせる。

(嫌だ……リカルドさまが誰かのものになるなんて)

もし僕がベータのままでリカルドさまに恋していたら？　嫉妬する心もくすぶる身体も、こんなに苦しくはなかったのだろうか。

(違う)

デュランは心の中で頭を振った。

問題はそこじゃないんだ、デュラン。本当は、リカルドさまに出会って、抱かれて、心から愛する人に出会えて、オメガに覚醒してよかったと思いたいんだ。

でも、それができない……。

あの、いつも元気で前向きだったデュラン・リーデルは、どこへ行ってしまったんだ。

少しそそっかしくて、明るい僕は。

じくじくと身体を苛《さいな》む欲情一歩手前の疼きを持て余しながら、デュランは悲嘆にくれていた。

扉の外、その様子を、アンジュが複雑な表情で見ていることにも気がつかず――。

数日後、デュランはアンジュと共に、リカルドを見舞った。

二人を見たリカルドは、嬉しそうに寝台から身を起こす。

「どうぞそのままで……無理しないでください」

デュランは駆け寄ってリカルドを横たわらせようとしたが、リカルドは言うことを聞かなかった。

「もう傷も塞がって、肩も今まで通りに動く。熱が出たことだけが余計だったが」

「にいさま、おねつあるの?」

「いや、もう下がった」

リカルドは、寝台に頬杖をついて自分を見上げているアンジュの、茶色の巻き毛をくるくるとかき回す。アンジュは「よかったあ!」と笑顔を見せた。

「じゃあ、またおでかけできる?」

「できるさ。次は北の離宮だったな」

「よかったね、デュラン。またさんにんでりょこうできるって！」

アンジュの弾んだ声に、デュランは申しわけなさそうな顔をした。

「申しわけありませんが、私は辞退させていただきたく……」

「じたい？」

「行かないということだ」

アンジュに説明し、リカルドは厳しさを含んだ声でデュランを呼んだ。

「デュラン、それはどういうことだ。そもそもおまえはアンジュの護衛だ。今回も身体の具合が悪い中で、立派にアンジュを守ったではないか」

責めるようにリカルドの言葉は続く。その声の調子には、リカルドの落胆が透けて見えた。

「それとも、おまえは職務を放棄するというのか？」

「……アンジュさまをお守りできたことは、私にとって誇りであり、喜びです。ですが、アンジュさまをお守りすることが精いっぱいで、リカルドさまが怪我をされる結果となってしまい……」

「それがなんだというのだ」

リカルドは珍しく感情を顕わにしていた。アンジュは二人の顔を交互に見て、だんだん不安そうな表情になっていく。

「誰でも体調が悪い時はある。余裕のある方が上回って戦うのは、当然のことではないか」

「違うのです。オメガに変わってから、体質が馴染《なじ》まないのか、体調も、心持ちさえ違ってきているのです。今の私は、以前のような働きはできません。それが一生なのか、今だけなのかわかりませんが、お二人の足手まといになることは確実なのです」

「おまえは強いと言ったであろう」

——ああ、僕を抱きながら、何度もそう言ってくださった……。

デュランは、ただ黙って頭を垂れた。その時のことは、身体がしっかりと覚えている。簡単に思い出せる。こんな時なのに。

すぐに落ち込み、切り替えることもできず、剣も鈍ってしまった。そして何かきっかけがあれば、リカルドさまに抱かれたことばかり思い出してしまう。

(以前の自分を取り戻したい)

「やめだ」

リカルドは大きく息をついて、寝台に横たわった。

「アンジュの前で言い争いなどしたくない」

「はい」

本当だ。アンジュさまを不安がらせてしまう。デュランはいつものように手をつなごうと、アンジュに向けて片手を差し出した。

「お部屋へ戻りましょう」

だが、アンジュはデュランのその手を払い退けた。そして、何も言わないままリカルドの部屋を走り出ていく。

「アンジュさま！　お待ちください！」

デュランはそのあとを追った。だが息切れがして、六歳の子どもにさえ追いつけない。以前ならば後ろから抱きしめて、ぐるぐると回すことだってできたのに。

走ったら、息切れの上に吐き気さえしてきた。

ここまでくると、本当に何か病気かもしれない。オメガであることを、身体が受け入れられないのかもしれない。デュランは思い通りにならない身体に鞭打《むちう》ちながら、アンジュの部屋の扉に呼びかけた。

「アンジュさま、デュランです。お部屋にお戻りですか？」

中からはなんの返事もない。だが、扉に鍵《かぎ》はかかっていなかった。

「入りますよ、アンジュさま……」

呼びかけると、アンジュは寝台の上で膝を抱えて座っていた。幼い顔には怒りと、哀しみの表情が見える。デュランは胸を締めつけられた。

デュランが近づくと、アンジュはキッとした表情で、デュランを精いっぱいに睨んだ。

「オメガだって、つよくなって、りっぱにいきていけるってゆったじゃない！　それなのに、デュランはじぶんがオメガだったことが、そんなにいやなの？」

「……っ！」

アンジュさまは気がついておられたのだ。すべて……僕がずっと落ち込んでいたわけを。

言い分けしかできないデュランは、それでも口を開いた。

「違います。それは……」

ただ、ショックが大きすぎるだけなのです。身体も心もまだ、馴染まないからなのです。

言いかけて、デュランはふと思う。

いや、これまでの自分の中に、「オメガでなくてよかった」という気持ちはなかったか？

ヒートに生活や夢を邪魔されて、アルファを求めて欲情に泣く、オメガでなくてよかったと……。

デュランが自問する間にも、アンジュの糾弾は続く。

「デュランはいつも、げんきでつよくて、あかるかった。あのデュランはどこへいってしまったの？　ぼくは、そんなデュランがだいすきだったのに……でも、いまは……」

アンジュは、目に浮かんだ光るものを手の甲で荒々しく拭う。そして、デュランの答えを聞かないままに、言葉を投げつけた。

「デュランなんて、だいきらい！」

言い捨てて、再び部屋を走り出ていく。

（アンジュさまを傷つけてしまった……）

ひとり、ぽつんと残された部屋の中で、デュランは立ち尽くしていた。

オメガだとわかった時から、ずっと情緒不安定で、身体も思うようにならなくて、そうなってしまったのは、すべてオメガ性のためだと思っていた。アンジュさまは、それをすべて、見抜いていたのだ。

「お側づき、護衛、失格だな」

リカルドを怪我させてしまったことに加え、アンジュまでも傷つけて、自分は二人の側にいる資格はないとデュランは思った。

心は、重い、重い方へと転がり落ちていく。その上、ざわっと下腹が疼いた。


「顔を見るのは久しぶりだな」

デュランがリカルドから呼び出されたのは、アンジュと仲違《なかたが》いしてから、数日後のことだった。

リカルドは以前のように床に伏しているのではなく、執務室でいつものように肘掛け椅子に座っていた。傷は全快し、熱も下がったので床上げしたのだという。

(アルファの基礎体力はさすがだな。あの傷が、ひと月も経たないうちに回復するなんて……)

いつまでも不調を引きずる自分との違いを考えていたら、リカルドはふっと柔らかく微笑んだ。

「どうして会いに来てくれなかった?」

リカルドの口調には、意味ありげな雰囲気が感じられた。

本当は顔を見たかった。だが、アンジュを傷つけたことが申しわけなく、リカルドに合わせる顔がないと思って控えていたのだ——デュランは無難に答える。

「少し忙しくしていましたので……申しわけありません」

「そんな、どこかで借りてきたような台詞を聞きたいのではない」

リカルドは「まあ、よい」とふっと息をついた。

「おまえに話したいことが二件ある」

「はい」

「最近、アンジュと仲違いでもしたのか?」

いきなり痛すぎるところを突かれ、デュランは一瞬、息が止まりそうになった。アンジュさまが訴えたとは思えない。なぜ、そのことを知っておられるんだろう。

「私が……至らないせいで……」

そう、あれからずっと、側に仕えていても、アンジュは口を利いてくれないのだ。目も合わせようとしない。大好きな剣の稽古の時もそうだった。完全に嫌われてしまったのだと、デュランは悔いていた。

「表情もなく、とにかく元気がなくて口数も少ないそうだ。心配して、家庭教師から報告があった。アンジュに元気がないなんておかしいだろう？」

リカルドは静かに告げる。デュランは砂を噛むような思いだった。

（ルイザ先生は、アンジュさまの様子から、僕と何かあったのだと悟られたんだろう。だから、直々にリカルドさまに報告されたんだ）

「何があった？」

直接な問いが向けられる。

（大切な弟君を任されているのだから、僕から報告するべきだった）

逃げてしまった自分の至らなさを思い知り、呼吸が苦しくなってきて、下腹の疼きが痛みに感じられる。身体の変調を悟られないうちに、早くここから辞したい……。

「おまえがオメガだったことか？」

やはりリカルドさまは、すべてお見通しなんだ。僕に確認をしたかっただけで——その時、デュランは目眩に襲われて、ふらりと足元を危うくしてしまった。

「大丈夫か！」

リカルドが駆け寄って、身体を支えてくれる。

（このまま、抱きしめられたい。でも、そうしたら僕はもっと甘えて、この方から離れられなくなる……）

「だい、じょうぶです」

「大丈夫という顔色ではない」

無理矢理、リカルドの向かいの椅子に座らされる。リカルドはデュランの呼吸と目眩が落ち着くのを待っているようだった。ややあって、息を整え、デュランは切り出した。

「アンジュさまのことですが、申しわけありませんでした」

「そのことならばもうよい。大体、予想はついていた。ただ、おまえの口から聞きたかっただけだ」

「すみません……ひとえに、私の、落ち度です」

リカルドは、すっとデュランの唇にひとさし指で触れた。喋《しやべ》るなということなのだろう。

「まだ、息が切れている」

冷たいものでも飲むかと訊ねられるが、デュランはいいえ、と答えた。

アンジュとの件についてはなんの申し開きもできない。それ以上、リカルドに言えることは何もなかった。

「もう本当に大丈夫です。それよりも、もう一件、お話があったのではありませんか？」

「ああ……」

リカルドはとたんに眉根を険しくし、表情を曇らせた。よほど気の進まないことでもあるのだろうか。

「明後日、国の内外から姫たちを集めて、この城で舞踏会が催される」

「警護ですか？」

舞踏会など、リカルドがもっとも嫌うものだろう。彼が嫌そうな表情をしていたわけがわかった。

「いや、警護ではない」

リカルドは青い目を煌めかせた。その目でまっすぐにデュランを見つめてくる。

「父上は、その舞踏会に出席する姫たちの中から后を選べとおおせだ。その舞踏会におまえも出席せよ」

后を選ぶ？

僕も出席しろと？

リカルドさまは何を考えて……。

「リ……リカルドさまのお后選びの舞踏会に、なぜ私が出席しなければならないのですか？」

ハウゼル王は、以前から第一王子よりもリカルドのことを買っていた。お后選びの舞踏会を催すことは、第一王子派への、王の意思表示でもあるのだろう。

王には先日、リカルドのお后選びについて言われたところだった。だが、リカルド本人から出席を命じられるなどと……。

驚きすぎて、気分が悪かったことも忘れてしまうほどだった。動揺しながらもリカルドに問うが、先ほどのまっすぐな視線はどこへ行ってしまったのか、リカルドは素っ気なかった。

「来ればわかる」

「そんな……」

「王も出席する舞踏会だ。士官学校を卒業した時に与えられた軍服で正装せよ」

とりつくしまもない。リカルドはそのまま執務室を出ていってしまう。心なしか、いつもより急いた足音で。

（怒っている……？）

遠ざかる足音を聞きながら、デュランは自分の何がリカルドを怒らせてしまったのだろうと考えた。

アンジュさまとのこともあるだろう。信頼されて任せてもらったのに、その心を裏切るようなことをしてしまった。

そして……。

デュランは舞踏会に出席せよと言われた理由を、思いつく限りに並べ立て、自分に言い聞かせようとした。

――リカルドさまは、僕がリカルドさまをお慕いしていることに気づいているんだ。ヒートのあとも戯れのキスに喜んだりして。だから――。

(違う。だって、あんなに優しく僕を受け止めてくれた。キスが欲しいという思いに応えてくれた)

――僕の目の前でアルファの姫君を選んで、身分もわきまえない不躾《ぶしつけ》な恋から、目を覚まさせようとしているんだ。

(そんなことを思うなんて、リカルドさまに失礼だ。リカルドさまはそんな嫌みなことをする方じゃない。これまで僕に示してくださった優しさは嘘じゃない)

――リカルドさまの産みの母君はオメガの男だったという。それはリカルドさまの辛い思い出だ。だから僕を見ていたくないんだ……。

(それなら、僕に母君のことを話してくれたりしない)

理由を考えても考えても、心が即座に打ち消す。デュランは、矛盾という名の迷路にはまり込んでしまった。

「もうやめろ、デュラン。これ以上リカルドさまのせいにして、自分も傷つけてどうする」

デュランは立ち上がった。ぐるぐると考えすぎたせいか、また目眩がする。

ああ、僕はずっと、出会ったあの遠い日から、リカルドさまに恋をしていたに違いない。忠誠心と恋とを取り違えて、来るところまで来てしまった。

恋をしなければ、オメガに目覚めることもなかった。いや、恋をしたからオメガに目覚めたんだ。

これまでよりずっと深く、デュランは理解した。

恋をしなければ、僕はベータのままで、リカルドさまに「舞踏会をぶっつぶせ」と命じられたかもしれない。そうしたら、きっと二人で大暴れして……。

だが、リカルドを愛した自分を否定したくはない。これだけ愛しい人に巡り合えたのは、きっと幸せなことなのだから。

デュランは涙を堪えた。

（舞踏会でリカルドさまがお后を選ばれるところを、しっかりとこの目に焼きつけよう）

そして、愛する人の幸せを願うんだ。

そうすることしか、もう僕にできることはないんだから。

＊＊＊

舞踏会の当日、城の大広間はきらびやかに飾りつけられていた。

アーデンランド王国の栄華を誇示するかのように、国中から集められた食材を使っての豪華な料理、ワインが並び、カルテットが音楽を奏でる中、紳士淑女たちが笑い、さんざめいている。

デュランはもちろん、大広間に入るのも、舞踏会などに列席するのも初めてだ。

こうした中央の華やかな贅沢《ぜいたく》さを見ると、地方の貧乏貴族との違いを思わずにいられない。だが、今宵《こよい》はそのことを憂いにきたのではないのだ。

王立士官学校の卒業式以来、初めて正装である軍服に袖を通し、デュランは親衛隊の者たちと一緒に、広間の一角に立っていた。

（なんだあのベータ、城の警備兵になったんじゃなかったのか？　警備兵ごときがどうしてこの場にいるんだ。不愉快だ）

（リカルド殿下の弟の護衛をしているって聞いたぞ）

（ああ、あのオメガの――）

聞こえよがしの会話を耳にしながら、デュランはただ、その場に立っていた。くだらなくて腹も立たない。リカルドさまは、そんな偏見のずっと上を行かれているのだ。

リカルドは、広間中央奥の豪華な椅子に、父王と、表向きの母である第二后との間に座って、退屈そうな顔をしていた。

再会した頃の、人間不信の目だ。その青い目はただ尊大で、何も見ていない。

だが、自分は彼の優しく微笑んだ目も、和んで穏やかな雰囲気も、声を上げて笑っている顔も、少年のようなやんちゃな表情も全部知っているのだ。

――そして、交わりの時の狂おしく、壮絶なまでに艶めいた彼のことも。

デュランはそのすべてを忘れようとして、ここにいた。

(大丈夫、この目で見れば、きっと諦められるはず)

それから、美しい姫君たちが十名ほど、列をなして現れた。

順番にリカルドに挨拶をしていく。粋を凝らした豪奢なドレスを摘まみ、ご機嫌うるわしゅうございます、とお辞儀をする。

最初に現れた姫は、見事な金髪をしていた。彼女が動くたびに揺れる、耳飾りの紫色の宝石が、きらきらと光る。

何を話しているのかは聞こえないが、リカルドは眉ひとつ動かさない無表情のまま、姫君の手を取ってくちづけた。

(……!)

それは、あくまでも儀礼的なものだったが、デュランの心に火をつけるには十分だった。嫉妬という火を。

(嫌だ……！)

デュランは身の内で叫んでいた。あの方が、僕以外の者に触れるなんて、絶対に嫌だ！

それから九名が挨拶をする間、デュランはその拷問に耐えた。身体の奥から何かが湧き立つ。だが、それはやがて哀しみに変わっていった。

(愛しているのに……)

八方塞がりの恋だけれど、もっと早く気がついていれば、違う運命が待っていただろうか。

再会した時から顔を見るたびに身体が疼き、教えてくれていたのに。あの人こそ、おまえが愛する運命の人なんだよと、教えられていたのに。

(リカルドさまに出会うために、僕は潜在的オメガとして生まれたんだ)

何度も、その思いに辿り着く。十二年前、初めて彼に魅せられた時に、やがて彼に抱かれるために。

思いが尽きないデュランの耳に、王の堂々たる声が届く。

「さあ、リカルド。いずれ劣らぬ素晴らしい姫君たちではあるが、この中からおひとりにダンスを申し込むのだ」

それは、この中から后を選べということだった。

王子は姫にダンスを申し込み、二人は未来の夫婦として、優雅なダンスでこの場の者を魅了し、祝福を受けるという筋書き……めでたし、めでたし——だ。

だが、王の筋書き通りには運ばなかった。リカルドの声が、王よりも堂々として答える。

「いいえ、私はどなたとも踊りません」

王、姫たち、その場にいるすべての者に、ざわざわとさざ波が広がった。デュランも同じだった。

「私には、心に決めた者がおりますゆえ」

「何を血迷ったことを言っておる！」

王は怒りの表情で、息子の顔を睨みつけた。

「私は血迷ってなどおりませぬ。いたって正気です。父上」

「で、では、それは何処《どこ》の誰だ。何処の姫君だ。その姫君が父の目に適《かな》うのであれば、許してやろうぞ」

「私は、自分の伴侶は自分で決めまする。父上の命令には応じませせぬ」

「この父に逆らうと言うか！」

短気な軍人王は、自分の筋書きが否定されたことを怒り、目をかけていた第三王子に向けて、ステッキを投げつけた。それをひらりと交わし、リカルドは涼やかな佇まいを崩さない。

（リカルドさま……？）

デュランは手に汗を握り、二人のやり取りを見守っていた。これは、この場を切り抜けるためのリカルドさまの筋書きだろうか。

それとも——。

（本当に、心に決めた姫君がいる？）

もしそうなら、やはりリカルドさまは僕が発情する様子を見ていられなかったんだ。では、あのキスは？　あの、優しいキスは——。

デュランだけでなく、この場の皆が固唾《かたず》を呑んで成り行きを見守っていた。退場を促された姫君たちでさえ、誰もその場を動こうとしなかった。

「気に入った者がいるならば、愛人や、第二の后にすればよい」

息子の態度が変わらないと悟ると、王は下卑たことを言い出した。リカルドはその父に向けて、冷ややかに微笑んだ。

「私は、愛する番がひとりいればそれでいい。あなたのように、多くの妻や愛人はいらない」

その時、居並ぶ姫君たちの中から、新たなざわめきが起こった。そして、囁きが流れ出てくる。

(なんてこと……一国の姫である私たちを蔑《ないがし》ろにして)

(国王さまがぜひにとおっしゃるからこちらへ参りましたのに)

(国王さまは、リカルドさまのお心をご存じなかったのね)

自らに対する姫君たちの不信感に、王は一旦、退かざるを得なかった。下手をすれば、外交に亀裂が入りかねない。ハウゼル王は、彼なりにできるだけ感情を抑えてリカルドに向かった。

「では、もう一度聞こう。この父に黙っていたとは心外だが、心に決めた者とは、何処のアルファの姫君か」

「私が愛して心に決めた者は、オメガの男にございます」

堂々と宣言し、リカルドはまっすぐにデュランを見た。リカルドの視線に射貫かれて、デュランは黒い目を瞠ったまま、その場に硬直した。

「……っ」

ざわざわと、デュランを中心に輪ができていく。

姫君の中には「オメガの男ですって?」と叫んで、驚きのあまり失神する者も出た。士官学校の同期だった親衛隊の者たちは、「あいつはベータではなかったのか?」と囁き合っている。

(リカルドさま……)

僕を愛して……？

心に決めた者だと？

デュランはリカルドの言葉を反芻《はんすう》した。

（本当に……？）

だが、幸福で舞い上がりそうな心と、身分の差を恐れ多く思う心、そしてこの事態が彼の立場を悪くするという現実がせめぎ合い、身体を三方に引き裂かれそうな思いがする。

「私もあなたを愛しています！」と叫び出しそうになる声を、身体の疼きを、デュランは必死に封じ込めようとした。

冷静に立ち戻ろうとしていた王は、再び感情的になってリカルドを問い詰めた。

「あやつは、ただの警備兵ではないか！　おまえは自分の立場というものを……外交や政治というものをわかっておるのか！」

「私を産んだのは、オメガの男性だったはずです。あなたが弄んだ挙げ句に、故郷にも帰れず、どこか遠くへ追いやられてしまったという……」

王とリカルドの口論が続く中、デュランは衆人環視に耐えられず、その場から走り去ってしまった。

「……っ！」

血が沸き立つような動悸は、走ったせいでよりひどくなってしまった。苦しくなって、デュランは庭の石のベンチに屈み込んだ。

「逃げてきてしまった……」

そんな、頼りない自分の声がする。だが、切れた息を整えながら夜風に当たっていたら、少し冷静さが戻ってきた。

(今のことは、現実なのか?)

リカルドさまを恋しく思うあまり、夢を見ていたんじゃないだろうか。本当に、あれは僕のことなのか?　リカルドさまは僕のことを「心に決めた者」と言われた?

あの時の交わりは、単なる慰めではなかったのか?

だって、そんなこと、そんなこと、今初めて聞いた……!

5

なんとか自分の部屋に帰り着き、デュランは寝台に身を投げ出した。

きっちり着込んだ軍服が苦しい。もう一度起き上がって軍服を脱ぎ、デュランは深く息を吐いた。

もう何度も考えたことを、また繰り返す。

(リカルドさまが、僕のことを……?)

もし本当にそうなら、いつから……?

彼の告白を思い出すと、また身体が疼き出した。先ほどは動揺しすぎていたが、ひとりになったことで緊張が解けたためか、思わずそこへ手を伸ばしてしまうほどの欲情が、デュランの身体を駆け上がってくる。

(しかし、ひどい話だよね……)

彼のことを考えるだけで欲情する身体になってしまったなんて。

身体の中心に手を伸ばし、窮屈なそこをくつろげる。心の中でリカルドを責めたら、一気に茎に血流がみなぎり、デュランは荒々しくそこに手を差し込んで、熱いものを探った。

そんな自分に戸惑うことなどなかった。

（あ……リカルドさま……）

心の中で名前を呼んだらせつなくなって、デュランは欲情に背中を押されるように、彼に責め問わずにいられなかった。

（ん……っ、何もあの場で、あんなに人が多くいるところで言わなくても……）

「あ……っ――」

くつろげた場所から、待ちきれないように、屹立したものがぷるんと頭を出す。

（や……もう、こんなに、なってる……）

すでに先端が濡れ始めたそこを触りながら、デュランは喘ぎと共に思った。

（二人きりの時に……んっ、……キスしながら、言って欲しかった……）

「ん、あ、やぁ……」

心の中で文句を言いながらも、本当はリカルドの告白が嬉しかったことを、火がついた身体がデュランに教える。

（リカルドさま……触れて欲しい、キスして欲しい、抱きしめて欲しい……）

「……リカ、ルド、さま……っ、あ、は……っ」

濡れそぼった先端から滲《にじ》み出る液が、屹立を握る手の動きを滑らかにする。

気持ちいい。でも足らない、もっと……もっと、リカルドさまはもっと……。

ひくつく秘所が、ここだとデュランに囁く。リカルドはここをたくさん愛してくれたただろう?

「ん……っ」

デュランは指を二本、泉が湧いたそこへと挿入する。数度抜き差しすると、快感はぐっと高まった。

「あ、リカルドさま、もっと突いて……もっと……」

自分を煽りながら、デュランは双方の指を動かし、昇り詰めていく。

「あ、や、出る……っ!」

射精するその時は夢中だった。だが、それを受け止めてくれる手のひらも、唇も何もない。あるのは、ただ白い液がまとわりつく自分の指だけ。リカルドはどこにもいないのだ。一挙に、虚しさと寂しさが襲ってくる。デュランはひとりでそれらと向き合わねばならなかった。

(何をやってるんだろう……)

心も身体も急激に熱が引いていく。もう一度冷静に、デュランはリカルドが舞踏会の場で言ったことを思い出す。

——リカルドさまが言ってた「オメガの男」が僕であっても、そもそも身分違いなんだ。僕を選ぶことで、リカルドさまは父上に背き、立場を悪くする。

けれど僕がいなければ、聡明《そうめい》なリカルドさまはご自分にふさわしい方を娶《めと》り、アンジュさまを養子にして、国王陛下のあとを継がれるだろう。

「僕は、リカルドさまの幸せを祈ろう」

あえて声に出して、デュランは己に言い聞かせた。

魂の番だと気づいた時が、別れだった。そういう——運命だったんだ。

故郷に帰って疲れを癒やそう。デュランは考えた。

王都で騎士になり、リカルドさまに仕えることが夢だった。でも、現実はそんなに甘くはなくて、バースによって生じる壁は大きかった。

(でも、僕にはまだ、剣がある)

帰って、潜在的オメガだったことを家族に打ち明けて……。

オメガへの偏見が強い故郷。家族だってそうだった。でも大丈夫、きっとみんな受け入れてくれる……デュランは愛する家族を信じた。

そうして、落ち着いたらまた夢を探すんだ……。

アンジュを傷つけたままなのが辛かった。だが、顔も見たくないほど嫌われてしまったのだ。手紙を書こう、とデュランは思った。

アンジュさまに。

そしてリカルドさまに。

離れていくことは、身を切られるように辛い。

でも、僕のけじめとして、リカルドさまを愛しているから離れていくんだ。あの方が幸せになるなら、その方がいい。

デュランはペンをとった。そして、記していく。文字を紙に刻みつけるように。

心のうちを丁寧に、愛を込めて。

＊＊＊

部屋に二人あての手紙を残し、デュランは城を出た。

リカルドの発言により、城中が大変なことになっているのは間違いなく、彼は父王と今も話し合っているだろう。アンジュはとうに夢の中に違いない。

デュランは、城を振り返った。

ここにいたのはほんの一年ほどのことなのに。もう何年も経っているように感じる。それほどに、ここで濃い日々を過ごしたのだ。

（さようなら。リカルドさま、アンジュさま。たくさんの愛と優しさをありがとうございました。どうぞお元気で、お幸せに……）

一礼し、デュランは峠を越えるべく、歩みを進めた。

途中、石につまずいて転びそうになり、力の入った下腹部がしくしくと痛んだ。いつものようにせつない疼きではなく、それははっきりとした感覚だった。

(リカルドさまと離れて、これから心や身体もまた変わっていくのかな)

そんなことを思いながら、足を速めようとした時だった。

背後からただならぬ気配を感じ、デュランはさっと振り返った。

遠くから、狼《おおかみ》が吠《ほ》えている声が近づいてくる。それだけでなく、狼の声に混じって子どもの泣き声が聞こえた。

——まさか。

たとえ遠くからでも、デュランがその声を聞き間違えるはずはない。

「アンジュさま!」

剣を手に、デュランは今来た道を走った。狼の声とアンジュの声はだんだん近づいてくる。

「たすけて! たすけてデュラン!」

近づいてくる泣き声に自分の名を聞き、デュランは胸が締めつけられた。

「アンジュさま! 今、デュランが参ります!」

「デュラン?」

アンジュは木に登って狼から逃れていたが、その根元を囲まれていた。だが、摑まっている枝は細く、今にも折れそうに揺れている。泣いていたアンジュはデュランの姿を見つけると、信じられないといったように目を瞠った。

「デュラン、ほんとにデュランなの？」

「デュランですよ、アンジュさま！　今お助けしますからね！　そのまま、根元の太い方に身体の向きを変えられますか？」

「できない……できないよう」

「大丈夫です！　デュランがいます！」

剣を振りかざし、狼たちを相手にしながらデュランは叫ぶ。

「ギャン！」

「おまえたちに、僕の大切なアンジュさまを傷つけさせてなるものか！」

「デュラン……！」

やがて狼たちは、状況が悪いと悟ったのか、少しずつその場を立ち去っていった。彼らが完全に退いたのを見届け、デュランはアンジュを笑顔で見上げた。

「もう大丈夫ですよ。下りられますか？」

アンジュはするすると木の幹を下りてきた。そして、地面で手を広げていたデュランの胸に飛び込んだ。

「わあああん！」

デュランは縋りついてくるアンジュを抱きしめた。無事でよかった……。

（でも、どうしてここに？）

「ぼくね、ぼくね、ほんとはデュランのことが、ずっときになってたの。それで、こんやはなんだかめがさめて、ねむれなくなっちゃったの。そしたらデュランが、とおくへ、いっちゃう、ような、きがして……おいかけなきゃって、おもって、おしろを、でちゃったの……！」

アンジュはしゃくり上げる。アンジュの両手を握りしめたデュランの手に、温かい涙がぽたぽたと落ちた。

「私が城を出たことを、アンジュさまは気づかれたのですね」

デュランはアンジュの髪を撫でる。

なんということだろう。出会える保証もないままに、寝間着のままで夜の峠を走って、あのまま狼の餌食になっていたら……。デュランの背に、冷たい汗が伝った。本当に、無事でよかった。

「ぼくね、ぼくね、デュランがだいすきだから、だから、デュランがとおくへいこうとしてるのが、わかったんだとおもうの」

デュランの胸は感動と驚きで大きく揺さぶられる。六歳の子どもが泣きながら言う真理に、心を打たれた。

「だからね」

アンジュは変わらずしゃくり上げながら、ひゅっと息を吸い込んだ。

「リカルドにいさまも、おんなじだとおもうの。きっと、にいさまもデュランがでていったことが、わかってるとおもう」

そうしてアンジュは再び「わーん」と声を上げて泣き出した。

「だいきらいなんて、いって、ごめん、なさい。どこにも、いかないでー！」

「デュランこそ、アンジュさまを嫌な気持ちにさせてしまってごめんなさい！」

「デュランはきゅうにオメガになって、いろいろしんぱいになって、あたりまえだよ。きゅうにじぶんの、からだがかわるなんて、こわいにきまってるよ」

なんて賢い、優しい子なのだろう。この方をずっと守っていきたい。離れるなんてできない。剣ももっと、お教えしたい。

リカルドとアンジュ、二人のために遠ざかろうとしていた決心が揺らぐ。

「……とにかく、お城へ戻りましょう。また狼が出てくるかもしれません」

「うん」

アンジュは、小さな手をデュランの手のひらの中に滑り込ませてきた。その手をぎゅっと握りしめ、デュランはアンジュと手をつないで歩き出す。

「おしろにもどったら、もうどこにもいかない？」

「……はい」

「ほんとだね？」

「ええ」

逡巡《しゅんじゅん》しながらも、デュランはそう答えてしまった。罪の意識で、胸がしくしくと痛む。

（もう一度、考えるしかないんだ）

今回の決心は逃げでしかなかったことをアンジュに気づかされた。残される者のことを考えていなかった。だが、リカルドのことは……？　城に留まりながら、すべてを除《よ》けて通ることなどできない。

（リカルドさまに正面からぶつかる……？）

それしかないんだ。デュランは思い至る。二人で本音を出して話し合ったことはないじゃないか。きっと、すごく勇気がいる。傷つくに決まっているけれど、でも、アンジュさまが気づかせてくれた。

少しは前向きさが戻ってきたかな？　デュランは苦笑する。

安心したのか、アンジュは歩きながら、こくりこくりと居眠りをしている。デュランはアンジュを背中におぶった。眠っているから、とても重い。だが、今はその重さが愛しかった。

そうして、アンジュが言ったことをもう一度思い起こす。

——リカルドにいさまも、おんなじだとおもうの。きっと、にいさまもデュランがでていったことが、わかってるとおもう。

(もし、そうだったら嬉しいけど……)

それは素直な気持ちだった。まだ弱い決心だが、リカルドに正面からぶつかることに気づけたから、嬉しいと思えたのだろう。

(ん?)

カッカッカッと、馬の蹄の音が近づいてくる。よほど急いでいるのか、土埃《つちぼこり》を巻き上げながら、すごい勢いでやってくる。

(賊か?)

アンジュを背負ったまま、デュランは剣の柄《つか》を握った。だが、次の瞬間には手を放し、驚きのあまり、その場に立ち尽くしてしまった。

「デュラン!」

リカルドは馬から飛び降り、駆け寄ってアンジュごとデュランを抱きしめた。手には、紙の束が握られている。

「おまえがなぜ、こんなことをしたのか私にはわかっている!」

開口一番、リカルドは叫んで、デュランの唇を奪った。

肉厚な唇が激しく、だが温かくデュランの唇を吸う。くちづけられても今起こっていることが突然すぎて、デュランは心がついていけなかった。

(もし、本当に来てくださったら嬉しいと、思っていたのに……)

驚きながらも、デュランは唇で現実を確かめようとした。この唇の温もりは現実なのか? それとも夢……?

「おまえはやはり、強く、優しく、可愛い私のオメガだ。誰にも代えられない私の番だ。だが、こんな身体で何かあったらどうするんだ。無茶も大概にしてくれ……おまえに何かあったら私は生きていけぬ」

何? リカルドさまは何を言っているんだ。

これではまるで、僕を愛しているとでもいうような——。

ぎゅっと心臓が痛くなる。そして、さらにひとことが心に残った。

(こんな身体……?)

ヒートはまだのはずだ。抑制剤だって飲んでいるのに。

一方、リカルドはアンジュをデュランの背中から下ろし、マントに包んで愛馬の背に乗せた。

「しばしアンジュを頼むぞ。ラッセン」

わかりました、とばかりにラッセンは鼻を鳴らす。首を優しく叩き、リカルドはデュランに向き直った。

彼の青い目には、その色を写しとった、綺麗な涙が浮かんでいる。

リカルドさまが涙を……？

その美しさと真摯さに負けそうになりながらも、少しずつ状況が摑めてきたデュランは、冷静に自分の思いを伝えようとした。

彼の目から視線を外し、デュランは訴える。

「私の思いは、手紙に書かせていただきました。私は、何よりもリカルドさまの幸せを願っています。ですから私は……」

「おまえひとりで、私の心や将来を決められてたまるか！」

デュランは目を瞠った。

いつもの高潔さはどこへいったのか。リカルドは荒ぶって、握りしめていた紙の束を破り捨てている。デュランが残した手紙だ。そこにいるのは、王子でもなんでもない、ひとりの怒った青年だった。

誕生祝いの紙吹雪のように、破られた白い紙切れがひらひらと宙を舞う。デュランは茫然自失として、その様を見ていた。

彼らしくない様子に、手紙を破られてしまっても、圧倒されて言葉が出ない。ややあってやっと声にできたのは、完全にタイミングを逸してしまった疑問だった。

「あの、リカルドさま。こんな身体とは、どういうことですか？」

「おまえは、おそらく私の子を孕んでいる」

「ええっ!」

生まれてこの方、こんなに驚いたことはない。潜在的オメガだったと知った時よりも衝撃だった。

デュランは目を見開いて、リカルドを見つめた。

「また、目がこぼれそうになっている」

リカルドはデュランを抱きしめた。

6

「おまえは、私の子を身ごもっている。あの時の子どもだ」

「……」

「おまえと私が抱き合ったのは、あの時だけだ。おまえがヒートを迎えたあの日、だから間違いないはずだ」

「私は……男ですが」

的の外れた答えに、リカルドは優しく笑った。

「忘れたのか？　男性オメガは孕んで命を生み出すことができる。私を産んだ母のようにな。尊い力だ」

これ以上は城で話そうと、リカルドはデュランを軽々と抱き上げて、愛馬ラッセンの上、アンジュの後ろに座らせた。

あまりの衝撃に、デュランは抗うことも忘れて、リカルドに城まで連れ帰られてしまった。

リカルドの部屋で、デュランはリカルドがアンジュを寝かせに行ったのを待っていた。

「身体が冷えただろう」

そう言われ、デュランは毛布でぐるぐる巻きにされて、身動きが取れなくなっていた。

驚きもあって、さすがにこの隙に逃げ出そうということも思いつかなかった。

(僕がリカルドさまの子を?)

考えれば考えるほど、身体がかあっと熱くなる。

それは欲情ではなく、なんとも言えない、せつなくて甘くて、恥じらいの混ざった気持ちだった。だがやはりまだ、何かの間違いじゃないかという思いの方が勝っている。

二十二年間、ベータとして生きてきて、オメガに変わってまだ数ヶ月なのだ。急激な身体の変化についていけずに体調を崩し、情緒不安定になって、そしてさらに子を孕んでいると言われても……!

「おとなしくしていたか?」

戻ってきたリカルドの口調は、間違いなく、甘やかすものを含んでいた。あの尊大なリカルドさまが……。

だが、知らない口調ではない。ヒートで抱かれた時もこんな感じだった。

ふわふわと心が柔らかくなってしまう、キスと一緒くたになった、あの——。だからデュランは、甘えるようにこくんと子どもっぽくうなずいてしまう。

「おまえは、その可能性を考えはしなかったのか？」

唐突に、リカルドは話の核心を突いてきた。その可能性――何もかもが初めての状況を受け止めるのに精いっぱいで、とにかく余裕がなかったのだ。

「あの時、私はおまえの子宮の入り口に届くほどに深く、精を注ぎ込んだ。おまえも私を締めつけて応えてくれた、一滴もこぼさぬほどに……」

「うわあああっ！」

とても聞いていられなくて、デュランは耳を塞いだ。自分たちの行為をこうして客観的に語られるのは死ぬほど恥ずかしかった、

「どうした？」

「だだ、だって恥ずかしすぎます！」

「何を恥ずかしがることがある。私たちが結ばれ、おまえが子を成した行為ではないか」

「そ、それはそうですけど……」

「もう聞きたくないのか？　子ができた経緯を」

リカルドの少し寂しそうな表情に、デュランの胸はきゅっと疼く。

（リカルドさまが拗ねている……可愛い……あーもう！）

どっちもどっちだと思いながら、

「つ、続きを聞かせてください……」

消え入りそうな声で乞うと、リカルドは嬉しそうに笑った。

「ヒート状態のオメガは、通常よりも雄を受け入れるところが柔らかく潤んでいるのだという。だから精を受け入れやすく、孕みやすくなっているというわけだ」

「はい、わかりました……」

額の汗を拭いつつ答えると、リカルドは手を重ねてきた。

「オメガへの変化に続いて、いきなりの妊娠だ。おまえの身体は劇的に変化していたと言える。辛かっただろう？　よく耐えたな」

リカルドの包み込むような優しさが、すっ——とデュランの心に沁《し》みる。

「ずっと体調が悪く、情緒不安定で、いつもの自分を失うくらいに、性格まで変わってしまったんです」

甘えるように、デュランは訴えていた。

「身体は言うことをきかず、心も言うことをきかず、自己嫌悪に陥ってばかりでした……辛かった……」

「ああ、おまえはよく耐えた。本当に」

気づけばリカルドに抱き寄せられ、髪を撫でられていた。デュランは抗うことなく、その広い胸に顔を埋める。もう安心だ。そんな気がした。

「では離宮へ出かけた帰り、賊に襲われた時、私を庇ってくださったのも？」

「ああ、まだ確証はなかったが、私はおまえに子ができてもおかしくないと思っていたから……おまえを案ずるあまりに、剣が鈍って怪我などしてしまった。あの時、思ったのだ。おまえに何かあったら、私は生きていけぬと」

「リカルドさま……」

しばし、くちづけに戯れる。デュランの顔に、唇にキスを降らせ、リカルドはさらに語った。

「士官学校の任命式でおまえを見た時に、心に波が立った。それがなんなのか、その時はわからなかったが、アルファの胸を揺さぶるのだから、おまえはオメガだと思ったのだ。そして本当は、私はおまえが昔、馬車を横切った子どもだと気がついていた」

キスでごまかすように「悪かった」とリカルドはデュランの唇を啄む。それは心地よかったが、デュランは訊ねずにいられなかった。

「では、どうして知らぬなどと言われたのですか？」

「照れていた。恥ずかしかったのだ」

「悪いか」とでも言うように、リカルドは開き直った。

「そんな……。私は、覚えていてもらえなかったことが、どれほど哀しかったか」

「こんな感情は初めてだったから、持て余したのだ。どうすればいいかわからなかった！」

完全に開き直ったリカルドだったが、また真摯にデュランを見つめてきた。

「おまえは私の心を、私の知らない感情で翻弄した。私を見て何も感じぬかと訊ねて、感じないと言われて哀しかった。私がおまえを潜在的オメガだと見抜くことができたのは、私たちが定められた運命だったからだ。だが、運命だからといって、愛せるかどうかは別だと最初は考えていた。それでも私は惹かれた。おまえは私を気遣い、癒やそうとし、心から慕って——デュランは私を愛してくれているのだと思った」

開き直ったリカルドは饒舌《じょうぜつ》だった。

（そんな……そんなに多くのことを心の内で思って……）

「クラヴァットを望まれた時、私がどれほど嬉しかったかわかるか？　私がおまえに恋すれば恋するほどに、オメガへの目覚めも加速していくに違いないと思っていた。早く目覚めればいいと待ち望んでいた。それほどにおまえが欲しかった。おまえを愛していたからだ！」

長い告白のあと、デュランはしばらく声を発することもなく硬直していた。初めて聞く話が多すぎて、考えがまとまらない。

自分の腕の中で奇妙に固まっているデュランに、リカルドは再び告げた。

「おまえを愛している……ずっと、愛していた。おまえからもその言葉を早く聞きたかった」

止めの告白に、デュランの中で何かが切れた。

愛していると言われて嬉しかった。幸福で、胸は既にはち切れていた。ストレートな告白に照れもあった。

その裏返しもあって、デュランはついに爆発した。

「そんなの……そんなのって、言葉にしないとわからないじゃないですか！」

あれも、これも、それも、全部、僕は死ぬほど悩んだのに、とっくに相愛だったなんて！

そうしたら、もっと冷静に話し合えたかもしれないのに！

顔を真っ赤にして、ふうふう息を吐いているデュランを、リカルドは意外そうに見る。

何をそんなに怒っているのだ？　という表情が顔に出ている。

「……おまえに私の心が伝わっていると思っていたが、そうではなかったのか？　デュランはなぜ、応えてくれないのだろうと、私はずっと心を痛めていたのだが」

ああ……デュランは脱力した。

「臣下は言わずとも察するもの」という、王族ならではの庶民とのズレ……。

リカルドさまは聡明で優秀なアルファだけど、自分の思いを言葉で伝えるということは苦手以前に、人間関係の手段として範疇《はんちゅう》になかったのかもしれない……。

「私の想いは伝わっていなかったのか？」

怖々とうかがうように、リカルドは確かめてくる。

デュランの返事を不安がっている、そんな彼が愛しくてたまらない。そう思いながらも、堰《せき》を切った感情は止まってくれなかった。

長い間、心に沈めていた分――。

「表情や、仕草で伝わることばかりじゃないのです。言葉で教えてもらわなくては……愛していたら、より言葉で聞きたいのです……！」

「愛している」

即座にリカルドは告げた。

デュランを抱きしめ、愛していると繰り返す。顔にキスの雨を降らせ、「愛している」「愛している」と、何度も何度も繰り返す。

「これで伝わったか？　まだ足らないか？」

「リカルドさま……」

塞がれていた唇が解放されて、デュランはやっと答えることができた。

幸せだった。たたみかけるようなキスと「愛している」に骨抜きにされてしまい、言葉が危うくなってしまう。

「ありがとうございます……今日はもう、それくらいで……でも、明日もまた、言ってください……」

「明日も、明後日も、共に儚《はかな》くなるまで、毎日告げるとも」

リカルドは、子どものように頑是無い顔で笑っていた。

ああ、とても純粋な人なんだ。今度はデュランからくちづける。

「私も愛しています。リカルドさま」

「もう一度言ってくれ」

リカルドの麗しい顔は、とろけそうになっていた。だがその美貌は、とろけても損なわれることはない。

「愛しています」

「もう一度」

「愛しています」

リカルドは、先ほどよりもきつく、きつくデュランを抱きしめた。

「本当だ……言葉で聞くと、これほどまでに幸福なものなのだな」

頬をすり寄せ、額をこつんと合わせ、鼻と鼻でキスをして、また唇に辿り着く。戯れるような初々しいキスをして、互いの思いを確かめ合う。デュランもまた、あふれ返った思いを言葉にした。

「本当はリカルドさまのお顔を見るたびに、身体はう、疼いてたのです。けれど、リカルドさまへの忠誠心が強いあまりに、身体も反応しているのだと思っていて……」

「では、おまえも最初から、私が運命の相手だと気づいていたのではないか」

少しばかり責める口調で、リカルドはデュランを甘く睨む。

「ええ、身体の方が先に……」

デュランは頬を染めて笑った。

「私は、いただいたクラヴァットに毎夜、忠誠を捧げ、リカルドさまのお誕生日の夜には、我慢できなくて、深くくちづけました。それはすべて恋心だったのに、恋愛ごとに疎い私は気づかなかったのです」

「……無粋なことを聞くが、ベータとして女性に触れたことはあるのか？」

「ありません」

デュランはきっぱりと答えた。

「私にとって大切なのは、恋よりも剣でした。それもすべて、子どもの頃に出会った王子さまにお仕えしたかったからこそ……。今ならわかります。リカルドさまに再会したから、私の中のオメガが目覚めたのだと。そして……」

デュランはそこで言葉を切った。あの時のことを思い出すと、苦しくて息が止まりそうになる。言葉にするには、力をかき集めねばならなかった。

「あなたが私を庇って怪我をされた時、私も同じ気持ちでした。この方がいなくなったら、私も生きてはいけないと……」

デュランは感極まって目に涙を浮かべ、リカルドにくちづける。

「それで、あなたを愛しているのだとわかったのです」

「おまえこそ、そういうことは言ってくれなければわからぬではないか……」

拗ねるリカルドに、デュランは申しわけなさそうに笑いかける。

「臣下の身で、王子に愛していますなどと、告げることはできませんでした」

「そういうものか？」

リカルドは怪訝そうに訊ねる。

「そういうものです」

デュランは少し哀しげに答えた。

「本来、前向きさだけが取り柄の私でも、身分の違いはどうにもならないと思っていました。この世には、恋を成就させるために乗り越えなければならないものが、たくさんあるのですね。バースとか、身分とか……」

「……わかった」

少しの間のあと、リカルドは確信したように答えた。

「常々、思っていたことでもあるが、私が父王のあとを継いだなら、皆がそういうものから自由になれる国を創ろう」

「リカルドさま！」

デュランの声は、驚いて大きくなった。あれほど王位継承を巡る争いを避けていたのに……！

「王になる決意をされたのですね」

「本当は、アンジュから紙の王冠を戴いて以来、ずっと考えていた」

リカルドは口角を上げ、不敵に微笑む。自信に満ちたその表情は、とても眩《まぶ》しかった。

「それが、おまえやアンジュ、そして私たちの子を守ることになる。すなわち、すべての愛し合う民を守ることになる。……そんな王に、私はなりたいのだ」

「では、私が子を産んだら、オメガの産んだ子として、取り上げられることはないのですね？　三人で、アンジュさまも共に、ずっと一緒にいられるのですね？」

リカルドの決心に感動し、デュランの目から、はらはらと涙が落ちる。その涙を拭いながら、リカルドはデュランの顔を覗き込んでくる。

「何を泣く？」

「幸せすぎて……」

今やっと、この身にリカルドの子を孕んでいることの幸せが押し寄せてきた。そして、さらにリカルドは、デュランの幸せをあふれさせる。

「私がそんな世を創り上げるためには、おまえが必要だ。ずっと側にいてくれ。ずっと、私のことを愛してくれ」

　抱きしめられて、デュランの中で甘い蜜が弾ける。ああ、どうしよう……この身は今、大切な命を育んでいる。でも、でも――。

「リカルドさまが欲しい……」

　ヒートではないのに、デュランは明らかに発情していた。花の香りでリカルドを煽りながら、デュランはリカルドの首に腕を回す。

「……抱いてください。今すぐに」

　デュランもまた、リカルドの雄のフェロモンに煽られていた。身体が熱を帯び、肌がうっすらと、バラ色に染まる。

「前向きなデュランが帰ってきたようだ」

　リカルドの答えは一種の照れ隠しのようなものだったのだが、デュランは嫌々と首を振った。

「そんなことを言って、焦らさないで……。それとも、身ごもりながらもあなたを欲しがるデュランは嫌いですか……んっ――」

「嫌いなわけがないだろう」

　リカルドはデュランの首筋を強く吸った。黒髪のかかるそこに、赤い花が咲く。

「もっと、おまえに溺れそうだよ……デュラン……」

「や、あっ……ッ」

デュランの衣服を脱がせながら、リカルドは現れた素肌に次々と所有の証の赤い花を刻んでいく。そのたびに、デュランは甘い悲鳴を上げた。

「痛いか?」

「もっと……、もっとして、ください……」

「おまえは本当に、強くて可愛い、私の番だ」

生まれたままの姿になったデュランの下腹部にくちづけて、リカルドはそのままデュランの脚の間に顔を埋めた。

甘美な時が始まる。

＊＊＊

「番の契《ちぎ》りの術を知っているか?」

デュランの雄を舌で可愛がりながら、リカルドは訊ねた。

「知ら……ないっ……ああ……もっと……もっとそこ、してくだ……さい」

悶えながらデュランは答える。リカルドはゆっくりと、丁寧にデュランの裏の筋に沿って舌を使った。

「本当におまえは可愛い……ここが好きか？」

「ああっ、好き……好き、です……っ」

「抱き合う時くらい、私が王子であることなど忘れろ」

「でも……っ、リカルドさま……ああ……っ」

リカルドは、デュランが恋心と共に、ずっと忠誠心をもって仕えていた主君だ。いつか彼の騎士になりたいという思いは、愛を確かめ合った今も変わらない。だから、一線を引いた言葉遣いが染み込んでいるのだが、リカルドはそれが気に入らないようだった。

「必ず、おまえに私をリカルドと呼ばせてやる。おまえのうなじを噛む時にな」

不敵に言い放ち、リカルドはまた、丁寧にデュランの雄に舌を這わせる。

「あっ、ああ……いい……気持ち、いい……リカルドさま……」

一方のデュランは、リカルドの口調に、声に、背筋をぞくぞくさせて感じてしまう。

「みみ……」

「なんだ？」

「もっと、耳の、ちかくで話して……おねがい、です……」

デュランの雄を手のひらに包んだまま、リカルドはデュランの耳に唇を寄せた。

「こうか？」

リカルドはデュランの耳に、甘い蜜を注ぎ込む。

「あ……っ、だめ、出る……リカルドさま、でる……っ」

「感じるならば抑えるな、出せばいい」

デュランの耳朶《じだ》を甘噛みしながら、リカルドは囁く。次の瞬間、デュランの雄がリカルドの手の中でぶるっと震えたかと思うと、歓喜の白い液が噴き出した。

「ああ……っ、リカルドさま……っ」

射精の快感に怯えるように、デュランはリカルドの首筋に縋りつく。その身体をしっかりと抱き留め、リカルドはデュランの極みが治まるまで、寄り添ってくれた。

「申しわけ、ありません。私だけ、先に……」

「おまえは、私の声にまで感じてくれるのか？」

髪を撫でながら訊ねてくるリカルドに、デュランは小さく「はい」とうなずいた。

「リカルドさまの身体中……何もかもに感じて、しまうのです」

デュランは未だ、肩で息をしていた。それだけ、射精した時の快感が強かったのだ。

「本当におまえは世界で最も可愛いオメガだ」

「可愛いだけじゃ、嫌、です」

デュランは唇を尖らせる。その様に煽られて、リカルドの肌が粟立《あわだ》ったことなど、デュランは知る由もない。デュランは無自覚に、リカルドを煽り続ける。

「ああ、そうだ。おまえはもっと強い剣士になる。私の騎士であり……」

「騎士であり……？」

潤んだ目で見上げたデュランは、突然、リカルドにうつ伏せにされた。そして、腰を持ち上げられる。

抗う間も与えられず取らされた恥ずかしい体勢だが、デュランはリカルドのそんな余裕のない荒っぽさに、悦《よろこ》びが背中を駆け抜けていくのを感じていた。

「騎士であり、番だ」

答えと共に、デュランは後ろからリカルドの熱くて愛おしい雄に穿《うが》たれていた。

リカルドに十分可愛がられ、デュランの秘所には愛ゆえの泉がこんこんと湧いていた。

「あぁっ！」

「きついか？　すまぬ。優しくしてやれなくて」

「いいえ……いい、え……」

リカルドに腰をぐっと引き寄せられ、彼の雄がデュランの最奥に、そして子を宿している子宮の入り口に届く。そこを優しくかき混ぜられ、どこかへ攫われてしまいそうな深い快感に、デュランは身を委ねた。

「噛むぞ。おまえは私の番だ」

リカルドの唇が、歯がデュランのうなじに当てられる。一瞬ののち、気を失いそうだったデュランを、うなじの甘い痛みが現実へと連れ戻した。

ああ、これは儀式なんだ。リカルドさまと僕が番になるための……。

次の瞬間、デュランはつながったまま、リカルドに体を引き上げられる。膝立ちになって後ろからリカルドを受け入れたデュランは、初めて突かれる角度に、激しい喘ぎを上げた。

「ああっ、リカルドさま、リカルド、さま……リカ、ルド……っ！」

嚙まれたあとに、潤みきった身体に染み込むような優しい、優しいキス。

「痛かったか？」

危ぶむようなリカルドの問いに、デュランは顔を精いっぱい後ろへと傾ける。

「いいえ。これで私はあなたのものになったのですね」

「そうだ、そして私はおまえのものだ」

傾けたデュランの顎を捉え、リカルドは深いくちづけを贈る。そうして、緩やかにデュランのなかをかき回した。デュランもいつしか腰の動きを合わせていた。

腹の子を思い、互いに決して激しい動きではないのだが、こうしていると、まるで三人でひとつになったような多幸感を覚える。しばらくその波にたゆたい、デュランは再び、顔を後ろへと傾けた。

「リカルドさま、顔が見たい……」

番の願いを叶えようとリカルドは、デュランの身体をつながったままくるりと返す。予想だにしなかった、リカルドの雄に内壁が擦られる感覚が、デュランが受け止められる快感の限界だった。

「ああっ、だめ……もうだめ、リカルドさま……早く……」

涙を溜めた目で訴えるが、リカルドは意味ありげに首を横に振る。時折、何かに耐えるように目を細めるのは、彼も限界が近い証拠なのに。

「いや、です……っ、なぜ……欲しい……っ、リカルド、さま……っ」

「だめだ……」

「いや、リカルドさま……このままでは、デュランは、壊れてしまいます……っ」

自ら腰を振り立て、デュランは屹立した己を握り立てて懇願した。だが、リカルドは挿入したまま、動こうとしない。張り詰めた彼が時折、ぴくぴくとデュランのなかで震えているのに。

どうしてリカルドさまは、僕のなかにくれないんだろう。

僕が淫らすぎるから？　でも、欲すれば欲するほどに淫らになってしまう……。

「リカルドさま……お願いで……す」

「だめだ」

「どうして？　リカルドさま……あぁ」

「……」

「リカルドさま……リカルド……っ！」

突如、目も眩《くら》むような律動がデュランを襲ってきた。だが、奥まで突き上げることはせず、こねくり回すようにデュランの腰を摑んで、襞に己を擦りつけてくる。

その一点に、デュランの目から火花が散る箇所があった。

「ああっ、ああ、もっと、リカルド……っ！」

「ここか」

リカルドは、今度はデュランが溺れてしまうほどにその刺激をくれた。自身も限界に近づき切羽詰まったのだろう。最後に一際強くそこを擦り上げると、デュランのなかに、待ち望んだものが放出された。

「リカ、ルド……」

つながったところから、混ざった二人の液があふれ出る。そのままに身体をたゆたわせながら、デュランは恍惚となりながら愛しい番の名を呼んだ。

「そうだ、それでいい……。愛し合う時だけでもいい。私をただリカルドと呼んでくれ……」

黒髪をかき上げられて額にキスを受けながら、「はい」と言えたのかどうか。

デュランの記憶は、ここで途切れた。

エピローグ

時は流れる。

このまま、さらさらと年月はゆくかと思われたが、二年めに血なまぐさい出来事を経て、アーデンランド王国ではハウエル王が第三王子リカルドに玉座を譲った。

金髪の美丈夫、剣聖リカルド一世の誕生である。

ハウエルの第一王子の一派は、リカルドとその伴侶、異母弟、長男の暗殺を謀った。

だが第三王子のみならず、伴侶であり異母弟の騎士でもある、デュラン・リーデル・アーデンランドの剣の前に敗北し、第一王子は廃嫡され、取り巻きも処分された。

この功績により、デュラン・リーデルは正式に第三王子の騎士としての称号を賜り、名前に「フェン」を名乗ることとなった。

デュラン・リーデル・フェン・アーデンランド。アーデンランドの名は、彼がリカルドの正式な伴侶である証である。

これまでのアーデンランド王家では、オメガがアルファの子を産むと、産みの母は子どもから遠ざけられる慣習だった。

だが、リカルドは王子の時から信じる道を突き進み、身分やバースの壁を越えて、愛する番を守ったのだ。

王となった今は、より精力的に、悪しき古い慣《なら》わしを廃し、オメガを保護……いや、バースや身分に捉われない、開けた国創りを進めている。

そして、リカルド一世とその番、一見、可愛らしい少年のようなオメガの騎士の仲睦《なかむつ》まじさは、諸国でも噂されるほどである。

＊＊＊

「とあーっ！」

「まだまだ！　踏み込みが甘い！」

「これで、どうだっ！」

王の居室の庭では、今日もデュランとアンジュが剣の稽古をしている。

十一歳となったアンジュは、背も伸びて、少年らしいしなやかな体つきになってきている。元々、顔立ちが美しいために、年齢よりも大人びて見える。

カン、と二本の剣がかち合う音がして、アンジュの剣はしなりながら地面に刺さった。

「力みすぎです、アンジュさま。力には力で対抗するだけではなく、受け流す術も身につけなくては」

「はい！」

衝撃を受けたのか、手首をさすりながらアンジュはうなずいた。

「申しわけありません。強すぎましたか？」

訊ねたデュランは、五年前と変わらず、童顔で小柄なままだ。

だがその表情には、以前のような明るさだけでなく、馥郁《ふくいく》としたワインのような、しっとりとした色香が感じられる。それは彼がオメガとして花開き、夫となったリカルドに身も心も寵愛《ちょうあい》……いや、溺愛《できあい》されて、満たされていることの証だ。

「ううん、手加減しないでって頼んだのは僕だからね」

アンジュは頼もしげに胸を叩いてみせた。

「何を言うか。デュランが手加減しなければ、おまえは大怪我では済まぬぞ」

しかしながら、テラスで稽古を見ていたリカルドは手厳しい。

そのリカルドの膝には、父譲りの金髪の男の子――四歳のロベルト王子が座り、絵本をめくっている。その傍らのゆりかごでは、母ゆずりの黒い巻き毛の赤ん坊、アイリーン姫がすやすやと眠っている。

「兄さま、そこまで言うことないでしょっ」

アンジュはぷくっと頬を膨らませてみせた。

「何しろ、私のデュランは今や国一番の騎士なのだからな。その上にいつまでも愛らしい。

最高の番だ」

「そんな、リカルド、それは言いすぎです」

赤くなったデュランは、やっぱり可愛らしい。目を細めたリカルドに見つめられ、頬はますます上気する。

「今でもきっと、剣を交えればリカルドには敵いません」

「いや、私はもう、長く剣を取っていないからな。ここに愛らしく強い騎士がいるゆえ、必要ないのだ」

実際、王になってからのリカルドは、執政や外交、様々な改革に忙しく、剣を取る暇がなかった。以前は、デュランはリカルド直々に手ほどきを受けたり、時には競技用の剣で打ち合ったりもしたのだが。

リカルドは涼やかな雰囲気に、王としての威厳とオーラが備わった。悪しき者は冷ややかな目で見据えられると打ち震え、逆に、虐げられる者、小さき者に向けられる目は、包み込むように優しい。

「リカルド……」

二人が見つめ合った時、アンジュはやれやれと空を仰いだ。

「もう、そんなことまで聞いてないし！　誰かさんたちのおかげでもっと暑くなっちゃったから、何か飲んでくるね」

「じゃあ、今日はもう終わりにしましょうか」

デュランが少々照れながら言うと、さっきまで憎まれ口を叩いていたアンジュは、さっと姿勢を正して左胸に手を当てて、頭を垂れた。

「ご教授、ありがとうございました！」

挨拶して、アンジュは颯爽《さっそう》とその場を立ち去る。このあとはきっと、家庭教師のルイザ女史のところへ行って、冷えたいちご水を飲ませてもらうのだろう。

「生意気な口を聞くようになりおって」

文句を言うリカルドに、デュランは笑いかける。

「でも、剣の上達はめざましいものがあります。今年の幼年剣術大会では、上位に食い込めるでしょう」

デュランは今、王立士官学校で剣の師範を務めている。

国中からバースや身分を問わず猛者《もさ》たちが集まる剣術大会は王立士官学校の主催で、十歳から十二歳までが出場できる枠もあるのだ。アンジュは去年、初出場で予選を通過し、大健闘したのだった。

大会には、剣士を応援する家族も王都に詰めかけ、賑やかなフェスティバルにもなる。

『こういう大会を催したかったのだ』

第一回目が開催された時、リカルドの目には光るものがあった。リカルドは各部門の優勝者を大いに称え、然《しか》るべき立場や地位、役職を保証した。

『真の騎士は、アルファや貴族だけがなるものではない。私の番がそのことを体現している。これからも精進せよ』

リカルドの賛辞は、いつもそう締めくくられるのだった。

「おかあしゃま」

いつの間にか父の膝を滑り降り、ロベルトがデュランの膝にまとわりついている。

「ロベルト、お待たせ」

デュランは見上げるロベルトを抱き上げた。嬉しそうにほっぺをすり寄せてくる息子に、デュランも幸せいっぱいの笑顔で応える。

ロベルトは、おかあしゃま大好きっ子だ。そしてリカルドは世のアルファ男性のご多分に漏れず、愛する番を巡り、まだ幼い息子に大人げない対抗意識を燃やすのだった。

「ロベルト、お母さまはお父さまの番だ」

「おかあしゃまは、ロベルトのおかあしゃまだもん！」

つがいってなにそれ、おいしいの？　と言わんばかりの反撃ぶり。こういうところ、似たもの親子だよね。デュランはほっこりと微笑む。

そして、腕の中のロベルトに見惚れてしまう。

湖のような青い目、見事な金髪、幼いながらに高い鼻梁《びりょう》、引き締まった口元。ロベルトはリカルドに生き写しなのだ。

「どうした？」

ロベルトを見つめるデュランに、リカルドは少々不機嫌に訊ねる。

（あ、妬《や》いてる？）

そんな必要ないのに。デュランは微笑む。

リカルドはリカルド、ロベルトはロベルトで、生まれたばかりのアイリーンも、アンジュもみんな愛しているけれど、向ける愛の種類は違うのだ。

こうしてリカルドが愛の迷子になるのも、番として愛されていればこそ……デュランは、やっとそう思えるようになった。

バースを超えて。

身分を超えて。

デュランはリカルドに笑いかけた。愛していますと思いを込めて。

「ロベルトを見ていると、ああ、私は本当にリカルドの子を産んだのだなあって思うんです」

「わっ、おとうしゃま、おかお、りんごみたいだね！」

子どもは正直だ。ロベルトが率直に見たままを述べた時、ゆりかごの中のアイリーンが泣き出した。

娘を抱き上げたリカルドは、黒い巻き毛がかかるちっちゃな額にキスをして、照れ隠しなのか、少々早口で告げる。

「私もアイリーンを見るたびに、この子は、私がデュランを愛したから生まれたのだと思うのだ……なんだ、同じことではないか」

「本当ですね」

唇の代わりに視線を絡め、二人は微笑みを交わす。

くちづけは、ロベルトとアイリーンが眠ってから。

周囲を赤く染めていく夕陽が、幸せな恋人たちと、その愛の証を照らしている。

もうすぐ、また甘い夜が訪れる。

あとがき

シャレード文庫さまでは初めまして。墨谷佐和です。本作を手に取っていただき、ありがとうございます。お楽しみいただけたでしょうか。

ずっと前から、オメガが妊娠していることを知って驚愕する（つまり自分がオメガだと知らなかった）というオメガバースのアイディアを持っていて、でも、なかなか形にならなかったのですが、今回、晴れて一冊の物語としてまとめることができました。しかも、私の萌えワード「騎士」をテーマに、楽しく書かせていただきました。

「騎士」というと、主の前にひざまずき、手にキスしている絵が真っ先に浮かびます。姫でも素敵ですが、やっぱり主も騎士も男同士がよりロマンチック（死語？）です。リカルドと番になっても、デュランはずっとリカルドに一生の忠誠を捧げる騎士なのです。本作の終盤で「オメガの騎士」という言葉を打ち込んだ時、ああ、やっとここまで来た……！　と、感無量でした。

キャラの話を少し。リカルドは、「リカルド」という名前の人物が書きたくて生まれました。何言ってんだかわけがわかりませんが、つまり私の中でリカルドはアルファそのものなのです（お察しください）。デュランは童顔の可愛い男の子で（いや、成人男性ですが）、でも剣の腕はすごいというギャップ。「顔は関係ないんだよっ！」という台詞が書けて幸せでした。そしてアンジュ。「天使」という意味ですが、愛らしい癒しキャラとして活躍してくれました。天使という高いハードルを掲げてしまったために自らの首を絞めましたが、明神翼先生のキャララフを拝見して、全部どっかへ飛んでいきました。まさに天使……！　リカルド兄さまもデュランも、私の脳内をご覧になったのではと思うほどでした。明神先生、彼らを麗しく再現してくださって、ありがとうございました。

担当さま、ヒート時のデュランの衣服がはだけていく様を、某少年漫画の戦闘シーンで打ち合わせしたことを忘れません。いつも的確なご助言をありがとうございました。

最後になりましたが、読者さま、コロナ渦の中で本作が少しでも日々の潤いになれましたなら幸せです。またお会いできる日まで、どうかお元気でお過ごしください。

夏と秋が交差する頃に

墨谷　佐和

本作品は書き下ろしです

墨谷佐和先生、明神翼先生へのお便り、
本作品に関するご意見、ご感想などは
〒101-8405
東京都千代田区神田三崎町2-18-11
二見書房　シャレード文庫
「かけだし騎士はアルファの王子の愛を知りました」係まで。

CHARADE BUNKO

かけだし騎士《ないと》はアルファの王子《おうじ》の愛《あい》を知《し》りました

2021年11月20日　初版発行

【著者】墨谷佐和《すみたにさわ》

【発行所】株式会社二見書房
東京都千代田区神田三崎町2-18-11
電話　03(3515)2311［営業］
　　　03(3515)2314［編集］
振替　00170-4-2639
【印刷】株式会社 堀内印刷所
【製本】株式会社 村上製本所

落丁・乱丁本はお取り替えいたします。
定価は、カバーに表示してあります。

ISBN978-4-576-21170-1

https://charade.futami.co.jp/

CHARADE BUNKO

今すぐ読みたいラブがある!

海野 幸の本

もし俺がアルファでなかったとしても、お前は俺に惹かれたか?

砂漠に花の降るように
~世界で一番愛しいオメガ~

イラスト=明神 翼

勤めていた会社の倒産を機に、一人アラブの国を訪れた泉生。観光中、これまで感じたことのない重いヒートに見舞われた泉生を救ってくれたのは、この国を統べる王子・サイードだった。この人が俺の運命のつがい。ひと目でそう悟った泉生だが、彼はアルファなのにフェロモンの匂いがわからず、おまけにEDで…!?